姑苏原味

風入松

朱建春／主编

中国·苏州
古吴轩出版社

图书在版编目（CIP）数据

风入松 / 朱建春主编 . -- 苏州 : 古吴轩出版社，
2019.12
（原味姑苏）
ISBN 978-7-5546-1471-6

Ⅰ . ①风… Ⅱ . ①朱… Ⅲ . ①散文集－中国－当代
Ⅳ . ① I267

中国版本图书馆 CIP 数据核字 (2019) 第 274296 号

统筹策划：中共苏州市姑苏区委宣传部
名城苏州网站
副 主 编：黄　河　黄　健
执行主编：江南颐
通联编辑：仲　鑫　江尧瑞
责任编辑：韩桂丽
见习编辑：李　倩
版式设计：张　凡
特约校对：潘家荣
责任校对：孙佳颖　沈　玥
封面摄影：于　祥
封面题字：老　郎

书　　名：风入松
主　　编：朱建春
出版发行：古吴轩出版社
地址：苏州市十梓街 458 号　　邮编：215006
电话：0512-65233679　　传真：0512-65220750
出 版 人：钱经纬
印　　刷：张家港市恒丰包装有限公司
开　　本：787 × 1092　1/16
印　　张：6
版　　次：2019 年 12 月第 1 版　第 1 次印刷
书　　号：ISBN 978-7-5546-1471-6
定　　价：28.00 元

蓝天白云这样孤独

余怀霖

秋天会出现很多事情。
比如天有些蓝，
云有些白。
再比如起风了，
树叶有些蓝有些白。

最后都会看不见，
又为何要让我看见？
蓝天白云这样孤独，
我可以证明，
却无法安慰。

01

24

41

87

目录

插了梅花便过年 于祥 / 摄

插了梅花便过年

文 / 梅卿

一枝白梅，开在豆绿的绢丝扇面上。扇起扇落，疏影横斜中花飞花舞，融入寂寂月色里。吴门画师陈如冬先生的笔墨，最是灵动雅逸。

名家的扇面，不是用来消暑，而是用来收藏的。有人见状不免惊讶，进而善意提醒。但于我而言，此一时的欢喜，远胜于某个不确定的未来。当下的拥有，才是最真实的存在。

梅花扇底清风徐来，一些有关梅花的碎片记忆，渐渐浮上心头。

塞外罗浮梦

世间之事，往往是不需要理由的。爱上梅花，是因为父母来自江南，而我又恰巧出生在早春；还是因为多读了几首古人的梅花诗词，或是偶然间被“梅花三弄”的琴音拨动了心弦；抑或是在塞外的漫天飞雪中，寻寻觅觅却不见梅花芳踪……总之，不知怎么，就那样爱上了梅花，爱上了开梅花的江南。

然而，我在塞外。江南的梅花，只开在隋人赵师雄的罗浮梦里。

苍凉苦寒之地，色彩激发着丰富的想象力。电工，一度成为最受女孩子们欢迎的人，因为他们有神奇的细电丝。五颜六色、柔软可曲的细电丝被女孩子们讨来扎麻花辫子，便捷又美丽，很快成为一种时尚的流行发饰。而我，更热衷于自己动手，用细电丝制作折枝梅花。

首先选择喜欢的颜色，多是红、白或粉红，偶尔也间带淡淡的绿——梅花的颜色。之后分段，抽出里面纤细的铜芯子，将剩下的空心软壳用小刀切成均匀的薄片备用。然后五个一组，用抽出的细铜丝串联起来，俨然就成了一朵朵五瓣的梅花。接下来，就是发挥想象力、考验审美的时候了，将抽出的细铜丝分别搭配组合，旋转扭曲，拧成粗细不同的“树干”造型，再将分散备用的“梅花”分别旋嵌其中，一枝梅花就此盛开。

年关将至，雪夜昏暗的灯下，我将折枝梅花一一压进书本里。待新年送出的时候，塞外的漫天飞雪中，便似有了春的气息在流动。

多年以后，旧历年前扫除，整理书柜之际，一枝手工的折枝梅花自书页间滑落。一时间恍若隔世，我仿佛看到了当年的自己。彼时，我早已嫁为江南妇，穿行在苏州城的大街小巷里，为生计奔波。而梅花，在早春的园林里，在郊外的山水间，在人家的屋檐下，在某个不经意的转角处……冰清玉洁，鲜活地开在枝头，印证着我想象中的模样。

江南第一枝

初到江南，不习惯没有火炉的冬季。我焐着汤婆子，守着老屋的灶头，依旧无法驱散侵入肌肤深处的阴冷。去浴室沐浴，水气缭绕中，听两个苏州女人叽叽喳喳地交谈甚欢，恰似林中鸟语，我却如坠云雾里，完全不知所云。

好在很快有了梅花的消息，于是去探梅。

瑟瑟冷风里，江南的第一枝花开，让春天不再遥远。

友人年幼的女儿，跌跌撞撞地跟在我儿子身后，“哥哥，哥哥”叫不停，清脆稚嫩的童音回荡在一片暗香疏影里。两个小人儿在花间追逐嬉戏，花雨纷纷而下，让我想起塞外的雪。折了梅花带回家，顿觉与陌生的城市、陌生的人渐渐亲近起来。

江南一枝春 袁涛 / 摄

时光流转，不知不觉中，儿子长大成人，我也成了外地人眼中的“苏州女人”。很多时候，我湮没在琐碎的日常里，只看到自己忙碌的影子，却看不见真实的自己。不再刻意去郊外探梅，只是路过某个园林，会不由自主地放慢脚步，我知道无论看与不看，梅花就在那里。偶尔偷得浮生半日闲，往园里匆匆一游，驻足梅下，看花蕾初绽，花萼嫣然，便觉与梅同清，洗净了尘埃。

某年新春，有小夫妻二人登门拜访。进得门来，递上一只大大的纸袋，内里是红红白白的折枝梅花——“偷”来的惊喜。背后的故事，自是另有一番趣味，虽不足为外人道，却是难得用心的年礼，妙极！寒舍简陋，插了梅花，“年味”渐浓，人与人之间进而生出心意相通的美好。

嘉树堂蜡梅 袁涛 / 摄

嘉树堂梅影

城里住久了，人便“拘谨”起来，不得不守着许多规矩过日子。从前年节时热闹的爆竹，固然是不能燃放了，街角的梅花也是万万不可随意折了回家的。我只能悬在鸟笼似的高楼里，痴念着人家园子里的梅花，不知花开几何。

嘉树堂，低调地隐在太湖深处的东山镇上。以“嘉树”命名，是因为园里两棵近三百年的蜡梅古树，此地可谓一个鲜为人知的好去处。

腊月里，我随吴地学者王稼句先生、画家李涵及其夫人、园林专家卜复鸣先生、作家蒋晖先生驱车前往嘉树堂。

入得园门，曲径通幽，隐隐然有暗香袭来。嘉木繁荫处的高堂华屋，隔着玻璃花窗，一片浮光掠影。蜡梅花明晃晃地印满了每一扇窗格，如梦如幻。正是花期繁盛之际，天井里花香弥漫，两株老梅枝丫横逸，盘旋腾挪中，繁花与天空交相辉映，织成一张光灿明丽的花网。

后厅正中的门窗敞开着，园主王之石引众人落座，花下品茗。天气阴冷，是要下雪的样子。两个铜制的火盆里，火苗舔着木炭蹿上蹿下，驱散了阵阵清寒，似有白居易“红泥小火炉”的意境。

晌午，阴霾散去，太阳出来了。花光天影里，一众人等举杯畅饮，讲园林、说民俗、谈绘画、唱昆曲……指点花间，逸兴遄飞。有人说起江南水乡的婚俗，水面船只首尾相接，十里红装绵延不断的情景，甚是令人神往。又有人引经据典，细究起蜡梅与梅花的区别。

蜡梅非梅。在植物学家的字典里，蜡梅属蜡梅科，梅花则属蔷薇科，不能混为一谈。李时珍《本草纲目》称蜡梅：“本非梅类，因其与梅同时，香又相近，色似蜜蜡，故此得名。”可见二者并不同属，将“蜡梅”写作“腊梅”，也是一大谬误。王世懋《花疏》有“人以腊月开，故以腊名”的记载。民间以讹传讹，笔误沿袭至今，是有迹可循的。

蜡梅与梅花，太多搞不懂；蜡梅与腊梅，傻傻分不清。然而，有关系吗？佛家有道是：“色即是空，空即是色。”眼中所见，心中所念，亦是不必介怀的。

临别，主人折梅相赠。

偶得数枝，点点明黄置于案头，暗香盈袖。想起那“插了梅花便过年”的山野老夫，这般意境竟是得来全不费工夫，我不由与梅相视莞尔。

江南夏夜里，忆起梅花的种种，又想到《红楼梦》中妙玉的无根水：积了梅上的雪水，待来年夏日泡茶喝，自是不俗。然而，塞外有雪无梅，江南有梅却少雪，世事两难全。我等凡人，欲得风雅如斯，绝非易事。所幸还有梅花扇，开合之间，梅花忆我我忆梅。四季轮回中，希望依旧在。

那些年讲过的苏州闲话

文 / 吴迈　图 / 于祥

一段临近中秋的午餐时光，在纽约曼哈顿的日料店，我如约见到了高中同学。见面第一句问候，我们彼此用了普通话。可能隐约有些别扭——两个苏州人却用普通话交流，我连忙换上苏州话。她一口就接应了，没有丝毫迟疑，仿佛昨天才从大洋那头飞过来。其实，二十世纪九十年代就移民美国的她，两三年才回一次苏州。我恍然悟到，少小离家，乡音无改，就是此刻了。

那个瞬间，我仿若回到了故乡苏州——那个如今已经很少能再听到苏州话的“移民城市”。而我又有多久没用苏州闲话（方言）聊过天了？

少年时代的我曾经完全浸润于这片土地自己的语言中。上学前，我的生命里没有第二种语言，如果一定要说有不同声音入耳，那也只有被北方人认为与苏州话完全一样的上海话了。苏州人对此是不屑的，撇撇嘴道：“那哼会一样？悬空八只脚嘞。”（怎么会一样？差别大着呢。）

那时学校的老师基本都是本地人，距离远些的顶多来自常熟、太仓等周边县区。除了语文老师，其他科目的老师上课一律妥妥地使用方言，英语老师也只在苏州话与英语之间切换。初三开始学化学，元素周期表必须背得滚瓜烂熟，因为老师是常熟人，我们生生地把“氢氦锂铍硼碳氮”诵出了虞山的气息——用苏州话形容，就像穿头绳浪捋下来咯（像穿在一根绳子上再一起撸下来）。倘要改成普通话，须在头脑中逐个翻译过才能念出来。

我想，这大概就是母语的神奇之处吧——对土生土长的苏州人来说，普通话只是一件保暖的外套，比外语亲近，但比之作为母语的方言，毕竟与肌肤隔开了一层，无法熨帖。

父亲幼时客居上海，二十多岁才回到苏州。他的苏州话夹带了上海口音。母亲则是嘀嘀呱呱的老苏州，一口标准的吴侬软语甜糯婉转，将苏州女人的清丽柔媚表达得恰到好处。

大学时的同学们大多来自北方。他们对我这个苏州人充满了好奇。我却很少愿意当众讲苏州话，总觉得羞涩。每当有同学提出希望听我唱苏州评弹时，我更是无地自容。那时我没法理解北方同学——对于一种完全听不懂的曲艺，为何怀有一种近乎崇拜的向往？

很多年后，当我走遍中国大部分省份，这才发现，只有苏州这样的温柔富贵地才会滋生出这样软糯的语言，也只有这样软糯的语言方不负杏花烟雨的江南。

大学时我选修了《方言学》，这才知道普通话只有四个声调，而苏州话却有七个之多。古诗词里一些看似没有押韵的字词用苏州话读来便可以押韵，这是因为苏州话保留了大量古汉语的发音。

比如这首《春怨》：“打起黄莺儿，莫教枝上啼。啼时惊妾梦，不得到辽西”。‘黄莺儿’的‘儿’，在苏州话中读作‘ní’，苏州人把‘儿子’叫作‘兒子’，所以‘儿’和‘啼’‘西’都是押韵的。

北方同学偶尔也会笑我：“你们苏州人，包子和馒头都不分，有馅儿的才叫包子，没馅儿的那叫馒头。”我傻傻地问道：“真的吗？我们有肉馒头、菜馒头、菜肉馒头、豆沙馒头、蟹粉馒头、小笼馒头、紧酵馒头、生煎馒头，很多很多馒头啊，都有馅儿的。”同学疑惑道：“那没有馅儿的怎么办呢？”我想了一下：“有葱花的叫花卷，啥都没有的，我们叫它实心馒头呀。”

回想起来，那些年讲过的苏州闲话背后，不仅珍藏了一段段趣味往事，也镌刻着一个人的成长背景。我们家的家教严格，苏州闲话中那些粗鄙的上不了台面的话，是绝不可以随便学舌的。街坊孩子在一起玩，难免会互相影响，母亲虽未学孟母三迁，但常告诫我，什么才是“好人家”应有的教养。但凡学说一个字，轻则挨骂，重则要“吃手心”。

在苏州话里，“吃”这个词真的很百搭，有点像英语中的动词“do”——吃手心（打手掌心）、吃耳光（打耳光）、吃生活（挨打）、吃茶（喝茶）、吃酒（喝酒）、吃香烟（吸烟）、吃牌头（挨训斥）、吃夹档（两头不得好）、吃官司（坐牢）、黑铁抹塔吃俚勿煞（看不清真实情况、吃不消他）等，林林总总不下百十样意思。

遗憾的是，现在讲苏州闲话的人越来越少。

语言学家认为，语言的平均寿命大概是六个世纪，苏州作为一座有着超过 2500 年历史的古城，她的语言已届高龄。

吴语有她的成长背景

今天，越来越多的苏州人却正在放弃苏州闲话。新苏州人想学苦于没有语言环境，老年人讲苏州闲话却很难与第三代沟通。苏州的孩子正在成长为能讲一口流利英语，却无法用家乡的吴侬软语表达情感的“世界公民”。

从二十世纪六十年代到八十年代，张爱玲在美国用了十几年时间，断断续续地完成了吴方言小说《海上花列传》的翻译。她将满纸的苏州闲话成功译成国语和英语两个版本，提前半个世纪做了一件似乎应该是我们这代人做的事。胡适对《海上花列传》的评价也极高：“这种轻灵痛快的口齿，无论翻译成哪一种方言，都不能不失掉原来的神气。”

古往，苏州海纳各地名流，下庙堂、隐江湖、筑园林，从此成为苏州人，彼此在吴文化的涓涓血脉中融合、共生；今来，数百万新苏州人如大江大河奔流入海，一个蓬勃现代的苏州的大门向世界打开着，苏州闲话却有与我们渐行渐远之势，乡音无存，乡愁何寄?

捉麻雀
對野生動物之保
護在上世纪的中
期以前未能引起
國人足够重視以
致麻雀被當成害
蟲而鼓勵捕殺因
而小孩子也時捉
麻雀當作正當而
好玩的事樂此不
疲先找個竹匾將
其倒扣在屋外空
地用小棍支起一
角一根细绳拴住
棍子另一頭由躲
在墙角旮旯的小
伙伴抓住竹匾下
灑些米粒以吸引
麻雀然後屏住呼
吸祇等貪食之雀
误入匾中到時祇
需绳子一拉麻雀
被扣竹匾之中便
成了戰利品
承遠堂李泟畫
幽徑

捉麻雀

图画里的吴地旧时童趣

文、图 / 李涵

人生的大多数时间是平平淡淡的，快乐和痛苦相对来说容易给人留下较深的印象，而儿童的记忆力又特别强，所以虽然已经过去了几十年时间，静下心来想想，儿时那些玩乐嬉戏的事恍然就在眼前。

很多年前我就有一个愿望：把我们曾经玩过的游戏画出来，把那些快乐通过画的形式与当今和曾经的孩子们共同分享。历经几年努力，终于有了这批童趣游戏的系列作品。

轧煞老娘换糖吃

在生活物资相当匮乏的年代，空调尚未像今天这样普及，冬天上学是想想都令人害怕的事。那时很多小学校舍是利用年久失修的寺庙、祠堂建筑改建而成，课堂高而四面穿风。幼小瘦弱的孩子怎能经受得起这样的寒冷，所以那时的孩子们到了冬天手脚生满冻疮是家常便饭。

上课时，迫于老师的威严只能一动不动地坐着。只要老师说出“下课”二字，孩子们立即像离弦之箭、出笼之鸟，飞也似的冲出教室，追逐奔跑。

最常见的就是七八个或十来个孩子挤在一起孵太阳。然而冬天有时候没太阳，即使出了太阳一下子也晒不暖和，于是大伙儿推搡拥挤，用今天的话说，就是“抱团取暖”。一边用力挤，一边叫着“轧煞老娘换糖吃”，拼命把中间的小伙伴挤出来，挤着挤着，浑身渐渐暖和起来，特别是随着中间小朋友的挤出，自己越往中间去，因为有两边小朋友挤在一起，便越觉暖和。

摸鸟窠

掏鸟窠是男孩们喜欢做的事，苏州人叫“摸鸟窠”。我1970年到苏北农村插队时，因为“鸟”这个字的吴语发音与骂人的那个 diǎo 相同，还被当地人视为笑话。不过麻雀可以改善伙食，管它呢！

摸鸟窠两个季节比较好：一是冬季，鸟儿们怕冷躲在窠里不出来，行动迟缓；二是初春季节，小鸟刚被孵出来，鸟妈鸟爸出去觅食，只留小鸟在窠里。

鸟窠通常是筑在农家屋檐下或大树上，我们会搭人梯或直接爬树，悄悄接近它们，不能有一点声响，否则惊动了它们就前功尽弃。待到手能抓住时，突然拧亮电筒，趁麻雀在强光照射下不知所措时一把抓住。未被抓住的麻雀惊慌而逃，四散飞去，被抓住的则又被交给下面接应的人，成为盘中美味——油炸或红烧麻雀。

饥荒年代，人们总不免做些荒唐事。不过，现在回忆起来倒也还是有点意思的。

堆雪人

江南冬天看到大雪的机会不多，儿时常会咻溜着鼻涕问妈妈什么时候下雪啊，妈妈总是说快了快了。

摸鳥窠
冬去春来天氣乍暖還寒鳥兒在江南人家房檐屋下安家築巢育子嘰嘰喳喳鳥鳴之聲自然會引来頑皮而好奇心強的孩子之關注待夜幕降臨鳥兒歸巢孩子們便三五结伴前来摸鳥窠他們搬来板凳木梯或搭人梯爬到屋檐下抓小鳥掏鳥蛋如能抓住小鳥或拿到鳥蛋便喜不自禁不亦樂乎

摸鸟窠

堆雪人打雪仗
蘇州人有句老話叫落雪落雨狗歡喜意思是小狗小貓這些小生命都喜歡下雪下雨事實也確實如此小孩們到了冬天也盼望着下雪眼看綿白糖似的雪花紛紛揚揚從天上飄灑下來一個晚上屋外就成了一片白茫茫的世界心中好不喜歡早上起來堆雪人打雪仗在晶瑩潔白松軟的雪地上瘋跑撒歡踩出一串串小腳印這樂趣怎一個爽字了得再説下雪了過年也快了能不高興嗎
承遠堂孝沚畫

堆雪人、打雪仗

放炮仗
爆竹又稱竹爆蘇州人謂之炮仗其點燃後發出之爆響被視爲大喜吉祥之好兆頭炮仗亦因此成爲中國傳統喜慶必備之物品也爲喜愛刺激之孩童所鍾愛每逢良辰佳日孩子們總要從父母長輩處討要零錢買幾隻炮仗與伙伴一起燃放取樂
乙未孟夏日於姑蘇頌遠堂李泓製

放炮仗

终于盼来一场大雪。屋顶、屋檐仿佛盖上了厚厚的棉被，地面台阶好像玉皇大帝倒翻了白糖缸，小猫、小狗的脚印交织在一起，组成了一个神奇的图案。小伙伴们早已经按捺不住，在空地上堆雪人、打雪仗了。

堆雪人时一般会先用雪堆成一个锥形身体，顶端安上个雪球做的头，将煤球嵌在头上当眼睛，一根胡萝卜当鼻子，再扣上一顶破草帽。然后把一把破扫帚往雪人身上一插，一个扫地的老爷爷就堆出来了。有想象力的小伙伴还用红领巾、大人的破衣服给他装扮一下，就更加好玩了。

在雪地上打雪仗撒欢就更有意思了。平日里是不能拿一块砖块去打同学的，今日可好，雪团随便扔，由着性子来。扔别人时你还得东躲西闪防着被别人的雪团砸中自己。一不留神就会摔个“狗吃屎”，引来小伙伴的哄堂大笑。

掼炮

临近过年，小孩子特别想放炮仗，却因没钱买也只能空想想而已。但是孩子们有自己的玩法。

地摊上有几分钱一张的火药纸卖——一张薄薄的红纸与一张粗糙的纸粘在一起，中间鼓鼓的，夹着一粒粒如小药片似的火药，每张二三十粒。这种火药纸只要产生一定的摩擦，就会炸响。响声虽然不是很大，但足以让孩子们产生快感。

最简单的玩法就是从纸上撕下一粒放在砖上，上面放一块小瓦片，然后用脚一踩或一蹭，就会发出“啪”的一声响。还有一种玩法，就是找两块麻将牌和一根橡皮筋，把火药纸放在两块麻将牌之间，用橡皮筋缠住，然后往地上一摔，炮就响了。如果中间多放几粒火药纸，响声就会很大，有放炮仗的感觉。因为苏州人把“摔”叫作“掼”，所以我们称这种东西叫“掼炮”。当然学校边的小摊上也有现成的掼炮售卖，因为里面是“炸弹”，所以只有高年级的同学才敢去买来玩。

打彈皮弓
凡男孩都有尚武情结故長于射擊的彈弓成了男孩之專門玩具農村用樹杈當彈弓城市樹枝難找鐵丝卻容易兩頭一彎成弓架再拴上橡皮筋便成了指哪打哪之武器小鳥等小動物往往是男孩間比试武藝之目標從保護鳥類出發畫中僅表現了孩子瞄射果子的場景
乙未初夏畫於承遠堂李涵

打弹皮弓

喂養小鷄
人生来有憐愛小
生命的天性無論
小鷄小鴨還是小
猫小狗都會惹人
喜愛小孩子尤其
愛小動物每到春
天鴨坊會出售鷄
雛鴨雛孩子們通
常會央求家長買
幾隻帶回来喂養
每天早早起来把
小鷄從窩裡放出
来灑些米粒菜葉
看着牠們左啄〻
右跳〻唧唧唧叫
個不停心裡樂滋
滋的放學回家来
不及放下書包就
先忙着看自己的
寵物有没有喫飽
玩好直到把牠們
趕進窩裡才能安
心去做作業喫晚
飯
承遠堂李涵畫

喂养小鸡

打弹皮弓

弹弓，苏州人称“弹皮弓”。农村孩子一般用硬实一点的树杈做弓架。城市孩子则有独特的资源——让父母到工厂里找一些粗铁丝回来自己制作，造型各异。皮筋的弹性和韧劲要相宜，这对射击的准确性和射程的远近起决定作用。弹子则有泥丸、铁丸和石块，也有用纸做的。弹弓用来打飞鸟、猫狗、老鼠之类，当然同学之间逗着玩也是互射的，但绝对只能用纸制的子弹。小伙伴被打得疼了，难免会到家长那里告状，吃生活是少不了的。

我十分羡慕小伙伴那份拥有弹弓的快乐。只好忍痛用积攒的洋画片和香烟壳与邻家孩子交换，终于得到了一只精美的弹皮弓。爸妈不太赞成我玩这种武头噼啪的玩具，所以我很少用，但它还是给我的童年生活带来了很大的欢乐。

喂养小鸡

经历小生命从出生到成长的过程是一种享受。我们小时候特别喜欢小鸡、小鸭、小猫、小狗这些动物，虽然生活条件困难，但还是会从嘴里省出一些食物来喂养它们。

每到春天，苏州的娄门和葑门两大孵坊就会有刚出壳的小鸡、小鸭出售。小鸡、小鸭一两毛一只，不便宜。大人拗不过孩子们的请求，本着养大就能吃肉的想法，会买上两三只给孩子喂养。一个院子里若几家都买了小鸡、小鸭，就在各自的鸡鸭的脚脖子上系上不同颜色的布带以示区别。

老房子养鸡鸭最怕的是黄鼠狼，有时一个晚上一窝小鸡会被它们一扫而空，早上只见到几根鸡毛，真是欲哭无泪！当然也怕晚上窝门没关好让鸡鸭跑掉。每天放学后，孩子们先要给小鸡、小鸭们喂食、喂水，逗它们玩，直到天黑鸡鸭们进了窝，才磨磨蹭蹭地去做功课。

其实，能把鸡鸭养大的概率并不高。就算真养大了，过年宰杀时就又是一段痛苦的经历。除此之外，孩子们还会根据不同时节养不同的小动物，如蚕宝宝、洋虫、叫蝈蝈、黄雀、蟋蟀等，也能带来不少快乐的。

游鱼四散，这下可喜煞了附近的孩子们 顾曾平 / 绘

双塔边的金鱼园

文、图 / 姜晋

多塔的江南古城苏州有一对并蒂莲一般的双塔，位于苏州城南的定慧寺巷内。而在这双塔附近的一处田园里，曾有一户二十世纪五六十年代培育、养殖金鱼的人家。

金鱼之家的户主姓王，有着数十年的培育、养殖金鱼的优良品种的经验，是当时苏州城里最大的金鱼养殖户，也是苏州金鱼养殖的一块金字招牌。当时苏州的园林、宾馆以及对外出口所需的各种金鱼的优良品种，大部分都来自这家“王记金鱼”。

那时候我还是个少年。因为家住在离定慧寺巷不远的望星桥堍，闲来常去双塔边的田园里玩耍。穿过密匝的老宅墙根，不多的工夫便能到达王记金鱼。双塔南面这片蛙鸣蝉唱的田园虽不够宽阔疏朗，但有种丝丝缕缕总也飘散不尽的泥草野田气息。记忆中的老苏州就是这样的景象。

田园里最有情趣的是养金鱼的篱笆墙，如园林中的花格漏窗一般。透过篱笆墙能看到一片老宅以及远处双塔的两个塔尖。这圈篱笆墙东边一处有扇竹篱笆门，但常常是虚掩着的——这是处不设防的天地啊！

王姓老伯是个大块头。圆黑的面孔饱经风霜，但看上去十分憨厚慈祥，所以孩子们都叫他“大块头伯伯”。王老伯利用老宅前的一片空地，从早到晚就干着养鱼的事儿。园内那排排坐的金鱼大缸足有五六十口。这种斗笠状的金鱼大缸敞口收底，一米多宽的缸口硕大而气派。

大缸像是一个个小小的池塘，内壁长满青苔，但缸水清澈可鉴。五彩鱼儿在水中自在游弋，看了令人眼馋。据说这种敞口大缸受氧面大，养金鱼最为适合。四壁的青苔是太阳晒出来的。按现在的科学说法，这都是经光合作用产生的藻类微生物。不过，只要经常换水，青苔就不会搞浑缸内水的颜色，反而像是给鱼儿铺了一层绿茵茵的地毯。

王老伯的金鱼园内有口大水井，雕花的石井栏圈斑驳古朴。这口水井是鱼儿们的乳泉。井水吊上来，经过空缸存晒数日后，再换进养着鱼的大鱼缸内，鱼儿就有了新的生命之源。吊桶整日里哗啦的吊水声如今仍回响在我耳畔，那是养鱼人充满生机的时光，也是我时常想起的年少时光。

说起金鱼的培育和养殖，苏南地区向有传统的养育方法，且有多种优良的品种。其中，苏州“狮头”、南通“珍珠”、如皋“蝶尾”等，都是传统金鱼的特色品种。而在王记金鱼养殖场里，除了“狮头”外，其他如“丹凤”“绒球”“五彩珍珠”“红帽子”“水泡眼”“乌龙”等，也都是王老伯手下一等一的良种。

王老伯平时吃住和干活全不出这圈篱笆墙的院子。从在金鱼育苗池中育苗，到将鱼苗移入金鱼大缸培育，再到最后育成良种、装箱出售，王老伯都是一手包办，用如今的话来说，就是“一条龙”养殖。那些刚孵化出来、只有指甲大小的鱼苗，在王老伯的精心培育下，半年时间就长到十多厘米长了。

王大伯养鱼的饲料主要是河沟里的一种红虫（又名赤虫、血虫，是摇蚊科幼虫的总称）。红虫的蛋白质含量高，营养丰富，容易消化，是喂养鱼类的高级天然饵料之一。春夏之交是红虫繁殖的季节，古城的大小河浜里，上万粒小小红虫染红了河面，王老伯就拿着一竿纱布结成的网兜捞回鲜活的红虫喂鱼。秋冬季节河道里早已没有红虫了，他就将春夏季节晒成的虫干拿出来给鱼儿吃。

我已记不清这处金鱼园是何时消失的了。只记得二十世纪六十年代后期某一年的苏州，在一个多雨的初夏，大水漫过了这片田园。王大伯的金鱼园亦未能幸免。由于连日大雨，地

老照片中的双塔

上的鱼缸全被涨满的水淹没了。鱼儿们从水缸里游出来，游到了金鱼园的篱笆墙外，游到了双塔前那片田园各处的田渠里、洼地里、道埂旁……

游鱼四散，这下可喜煞了附近的孩子们。大家闻讯后都赶来赤脚蹚水抓金鱼。王老伯此时真是欲哭无泪。一段平静的岁月就这样被搅乱了。

捞金鱼的孩子们捞回了不少如“红帽子”“凤尾”“狮头”“五彩龙种”等名贵的金鱼，一条条养在了家中的脸盆里、茶缸里。但没多久，这些娇贵又可怜的鱼儿便相继死去了。

双塔前的金鱼园后来怎么样了，我没有专门去考证。苏州古城区新旧更替的脚步很快，后来这里都圈地造了新宅，哪还会保留那片篱笆墙内的金鱼园呢？只有记忆总也抹不去。

三清露台赚绩摊

文 / 何大明

如今，民间赚绩爱好者仍然大有人在 杜祯彬 / 摄

玄妙观三清殿旧影

吴方言称蟋蟀为“赚绩”。《太仓州志》：“蟋蟀曰赚绩”。苏州以前作为一个消费城市，喜欢白相赚绩的人很多。雄的赚绩善斗，因此，斗赚绩成为男人，尤其是男孩的“专利”。如今五十岁以上的本地男子，小时候几乎都和赚绩打过交道。捉赚绩、斗赚绩、买赚绩，形成了姑苏一种特有的时令风俗。可惜，有关史料对此记载很少，应该补上一笔。

自宋代以来，观前街上的玄妙观，历来为三教九流的白相之地。各色卖小吃、花鸟鱼虫、工艺品的小摊都云集于此。小热昏、卖拳头、猢狲出把戏等各种民间技艺更吸引了许多人。在玄妙观里，大家约定俗成，都有各自相对固定的地盘。有趣的是，赚绩地摊大概认为自己属于“雕虫小技”，在选址上便“闹中取静”，躲在三清殿后相对冷清的露台上。与宽敞的前露台不同，后露台只是一条狭长形的边。占地虽小，却是一块“风水宝地”：高大的殿墙，遮住了直射的阳光；青石铺砌的地面，阴凉润滑。赚绩摆放在这里，不会“水土不服”。

儿时去赚绩摊的年代，是二十世纪的五六十年代。去的原因，主要不是买（自己捉赚绩玩，不舍得也没有钱买），而是为了看。从中不但可以大饱眼福、见世面，还能增长一些玩赚绩的知识。

处暑过后，赚绩摊就开始逐渐形成，至白露达到高潮。密密麻麻的赚绩摊，一个挨一个紧紧排列。卖者，大部分是市郊的青壮年农民——他们就地取材，利用业余时间自产自销搞“第二产业”。农田、墓地、河岸渠边，以及其他荒野，不要花本钱，只要花工夫就能捉到赚绩。至于品种好坏，那就看各人的运气和本事了。

每个赚绩摊的式样，差不多相同：面孔晒得黝黑的摊主，坐在用旧帆布腰带制成的折叠小凳上；身前，放着一只小木盆。盆边，竖起一个向上弯曲的柄；柄的顶端，放着一小摊嚼碎的黄豆末，那是喂赚绩的食物。这小圆盆本来是用来舀猪食的，现在放着许多“关押”赚绩的小竹管。竹管一头有现成的竹节封住，另一头临时用青草团堵住。

根据赚绩的大小好坏，竹管分门别类放置。一分钱一只的“统货”赚绩，放在纸管内，不容挑选，一手付钱一手交货。竹管内的赚绩价格不等，摊主会先取出来供顾客过目。摊主将竹管一头的青草塞头拔掉，迅速用左手手指按住管口；几乎同时，右手拿起网罩将竹管横着罩在左手掌心；略一使劲，赚绩从竹管中出来；此时迅速抽掉竹管，赚绩就被牢牢罩在掌心。

于是，顾客隔着网罩的网眼，就可以仔细观察赚绩的品相了。触须和尾须完好无损的，称为“全枪全须”；头上有一小块白斑的，美其名曰“玉顶”；头颈处隐约可见芝麻状小黄点（实际上是一种寄生虫）的，称为“银黄”。门槛精的顾客，还要将引草伸进网罩中引逗赚绩，观察其牙钳张开时的形状是“落地牙”还是“朝天牙”。如顾客满意，就付钱交货。

俗话说“白露三朝出‘将军’”。赚绩须经得起搏杀才能卖出好价钱。上品的赚绩个大勇猛，放在三寸长的大竹管内，享受“星级宾馆”的待遇。竹管的外壁上，还开有一条细槽，既有利于赚绩透气，又便于行家初步观察。这些堪称“镇摊之宝”的赚绩，都藏在一只帆布书包内，所谓“真人”不露相。懂行的老顾客前来购买，摊主才肯“开包”。这种“将军”级赚绩，每只起码二角。被称为“天王巨星”的，开价在一元以上。有些老谋深算的买主，往往买来后暗中用于赌博。

蟋蟀用具十分讲究 杜祯彬 / 摄

品目繁多的蟋蟀用品买卖，是蟋蟀摊上的另一道风景。斗蟋蟀的引草，蒸后呈金黄色，经久耐用。半球形的尼龙网罩，用一个布做的圆球顶住，使网罩始终圆鼓饱满，富有弹性。陆慕御窑烧制的蟋蟀盆，形形色色，有直筒形、腰鼓形、平盖、天落盖，各种款式美不胜收。有的盆盖上刻有“冠军”字样，有的盆身上浮雕云龙，它们是蟋蟀盆中的精品。盆中的配套“设备”，如瓷质水盂、砖细扇形小屋等，也一应俱全。

每天下午三点过后，三清殿的露天蟋蟀摊人山人海。只可惜，在“文化大革命”中，三清殿后的蟋蟀摊被取缔，不复存在了。

旧时开明看戏 顾曾平 / 绘

过年，去开明看《武松打虎》

文、图 / 殷德泉

二十世纪五十年代的苏州古城还很小，出了城门便是城外了。当时城里的居住人口不足六十万，却散落着二十来家戏院。

仅在观前街一带，就有开明大戏院、新艺剧场、大华剧场（北局周围）、万利剧场（宫巷碧凤坊口）、美琪大戏院（宫巷蔡汇河头口）、丽都影剧院（乐乡饭店斜对面）、鸿运剧场（西脚门原土特产商场顶楼）、观前影剧院（玄妙观三清殿北）、桃坞影剧院（东中市原中国大戏院）等大大小小近十家戏院。

而石路地区，则有皇后大戏院（后改大众电影院）、金门大戏院（后改新华电影院）、光华戏院、和平戏院（后改人民剧场）；阊胥路一带（俗称小荒场）有三家场子：一家专唱各种地方戏的易兴戏院、一家专唱江淮戏的东方戏院、一家专唱常锡文戏的金明戏院。离阊胥路不远的胥门一带则有胥门戏院（后改跃进影剧院）以及复兴、大都会、迎仙等戏院，可谓星罗棋布，盛况空前。

曾经，戏院是一座城市的地标。老戏院亦承载了人们对于城市旧模样的记忆。一座座老戏院，画着时代的影子，坚定地矗立在城市的角落，上演着剧本生活的悲欢离合，记载着几代艺术家的精彩演绎，也留下了我生活中难忘的看戏往事。

最难忘的，是五十多年前在开明大戏院看京剧《武松打虎》。

左：京剧《武松打虎》 右：开明大戏院

寒假是小孩最喜欢、最开心的假期，假期充满年味，其乐融融。孩子们吃年夜饭，拿压岁钱，享受家人团聚，还可以跟随大人走亲访友。那时的我还有件开心事，便是父亲往往会带着我去听书看戏。那时的文艺生活非常单调，能去剧场看戏，实在是奢侈的享受了。某个春节的晚上，父亲悄悄告诉我：“明天带你去开明大戏院看京剧《武松打虎》。”这委实让我喜出望外——开明大戏院是什么样的？武松打的会是真老虎吗？这一夜，我有点失眠了。

翌日春寒料峭，我穿着过年的新衣服跟着父亲来到北局小公园。这里可真是热闹：大商场、电影院、评弹书场、大戏院遍布四周。其中要数开明大戏院最气派了。这家戏院创建于1927年，比上海南京路上的大光明电影院还早呢。梅兰芳、马连良、盖叫天这些著名京剧大师都来这演出过，这是沪宁线上排得上号的大戏院。

戏院门前人头攒动，祝福拜年声不绝于耳。售票窗亮起“客满”红灯，边上仍有等待退票的观众。我被《武松打虎》的广告画吸引住目光，还未看仔细，就被大人拉着穿过人群走进了剧场。“呀！”这么大的剧场，有千余个可翻板的坐椅，紫酱红色的大幕展现在眼前，

售票窗口

台下有乐池，据说是琴师们演奏之处。剧场内的灯渐暗，黑黑的，“嗒嗒嗒……咣！”锣鼓器乐声在暗了灯光的乐池中响起来，越来越紧，越来越响，又慢慢轻下来，大幕徐徐拉开，台上的灯光渐渐亮起来。只听见幕后那声“走呵”短促而滞重，一位身穿黑色衣裳的英雄，跌跌撞撞走到台中央。坐在我旁边的寄父告诉我：“这就是武松！”我追问：“这是打老虎的英雄吗？”“对呀，武松和我一样喜欢喝老酒啊，他喝醉了。”寄父中午刚酣酒，边说边头沉下自顾自小眯会儿去了。喔，台上来了个喝醉酒的武松，他还能打老虎吗？我着实为武英雄担心呢！接下来武松唱京戏，很响亮，还未满十岁的我又听不懂，左顾右盼不静心，这时坐在另一旁的父亲拉拉我，轻声对我说：“好好看。”不一会儿只听见台上风声呼呼、锣鼓声咚咚。“勿吓，老虎要出来哉！”父亲对我说。越是这样我越担心老虎会吃人，手紧紧地拉住父亲的手。话未断音，台上猛然“锵”的一声，只见一只“老虎”蹿到台中央，吓得我拿手捂住了双眼。突然鼓声“砰”的一下，旁边睡梦中的寄父一下酒醒，台上猛虎扑向武松，大锣又“锵”的一声，武松舞起棍棒，一个亮相，双目圆睁，紧接着紧锣密鼓，英雄与老虎大打出手，精彩极了！最后又一个亮相，武松把死去的老虎一拎，虎皮下露出一个人脸——老虎原来是人扮的，终于解开了我心中之惑。我早已把双手移开眼睛，跟着全场观众鼓起掌，兴奋极了！喔！这就是京剧武戏，太好看了！怪不得老话说“内行看门道，外行看热闹”。这是我第一次进大戏院，感觉一切都稀奇。这场京剧给我留下了难忘又美好的记忆。

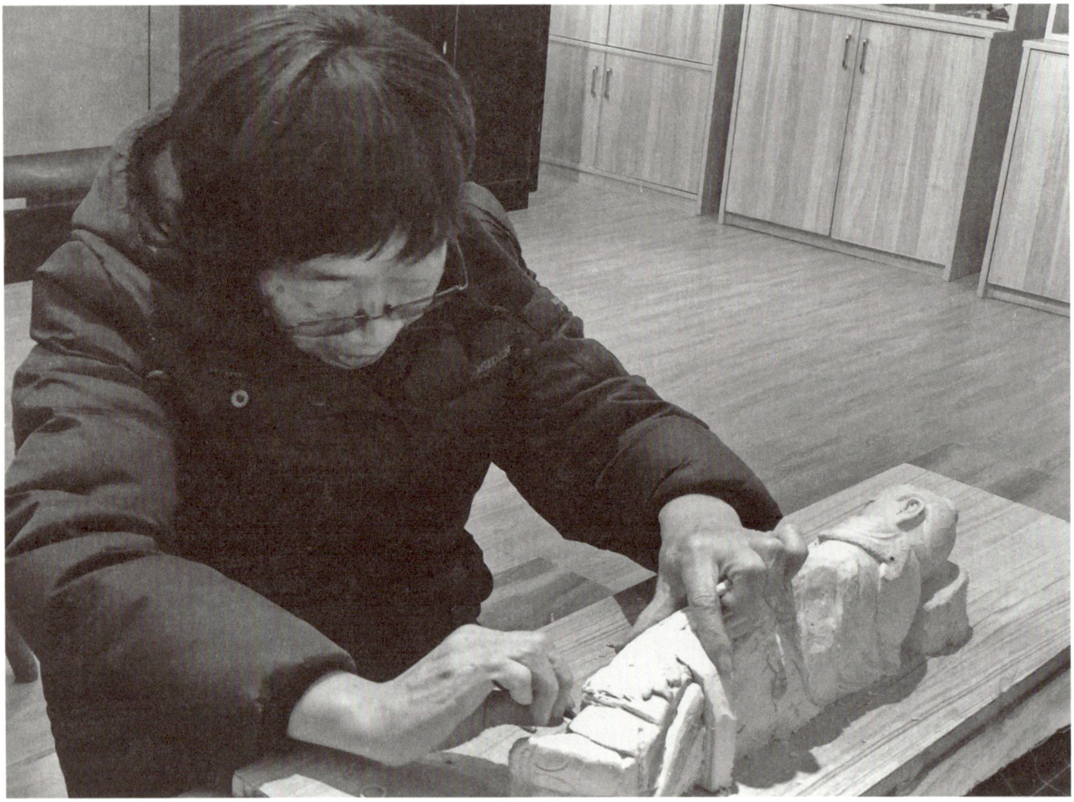

冰冷的泥巴在她手中变得有了灵魂

朱文茜：用泥土塑造生命的灵动

文、图 / 陈敏娜

“天地初开，女娲抟黄土为人”，这大概是中国神话传说中最有影响的泥塑创造活动。经过数千年的文化传承，泥塑在民间已经演变为一种与普通生活相关的老百姓喜闻乐见的艺术形式，具有浓郁的地方特色。北宋时东京著名的泥玩具“磨喝乐”在七月初七前后出售，不仅平民百姓买回去“乞巧”，达官贵人也要在七夕期间买回去供奉玩耍。南宋成书的《岁时广记》上记载，这类泥孩儿“惟苏州最巧，为天下第一”。

苏州泥塑集民俗、宗教、雕塑、绘画、书法等于一身，具有艺术、历史、观赏、收藏等价值。苏州泥塑工艺以前都集中在虎丘、山塘一带，所以苏州泥塑又称“虎丘泥人”。苏州泥塑分庙宇塑像、捏像两大类，与潮州浮洋泥塑、天津泥人张、无锡惠山泥人并称为中国“四大泥塑”。在我心里，苏州泥塑代表人物杨惠之在中国雕塑史上，是可以与米开朗琪罗比肩的艺术大师。世人从保圣寺罗汉像和东山紫金庵罗汉像等作品中可以领略到苏州泥塑昔日的辉煌。

一方水土养一方人，并形成了一方工艺特色，一个地方特色工艺的传承又离不开热爱它的人。苏州泥塑传承至今，一位大师向我们走来，她就是被联合国教科文组织和中国民间文艺家协会联合授予“一级民间艺术家”称号的、苏州泥塑国家级非遗传承人——朱文茜。

做好泥菩萨

三十多年前，三十岁出头的朱文茜接受的第一份佛像修复工作，就是对西园寺的佛像进行修复。位于苏州阊门外留园路西园弄 18 号的西园寺，创建于元代至元年间，距今已有七百多年的历史，现存建筑为清代重建，寺内五百罗汉堂为中国四大罗汉堂之一。从搭建脚手架干起，朱文茜既是牵头人，又要负责采购、修复、彩绘……什么都要做。当时买东西不像现在，有人送货上门，朱文茜说，为了帮老师傅购买所需的瓦灰、生漆，她骑着自行车，到处去求人。但她学到了很多，也掌握了佛像泥塑的奥妙。最终，苏州西园寺受损的佛像在她和师傅们的通力合作下，完美修复，令人赞不绝口。

壁塑之美

朱文茜十七岁在工艺美校学习时，学习的是西洋雕塑那一套体系。授课老师有时批评学生作业做得不好，就会开玩笑地说，“像是庙里的泥菩萨了”。但真正接触佛像泥塑，朱文茜发现完全不是那回事，就像敦煌雕塑高度概括化、图案化，讲求人物神韵，而不像西方雕塑那样要求与实物完全一样。朱文茜认为中国的泥塑文化和宗教自古以来就有着密不可分的联系，佛教题材在泥塑艺术中占有极高的比例和很重要的地位。

朱文茜带着我来到苏州安养院，这里原是灵岩寺的下院。打开大门时，我刹那间惊呆了——虽然受宗教题材的限制，但是两堂壁塑，就像郭沫若评论保圣寺九尊罗汉时所说，“展现的艺术之美扑面而来”。朱文茜所塑佛像栩栩如生，真有一种“天衣飞扬，满壁风动”的感觉。

壁塑，又称“海山”，相传是由古代著名雕塑家、苏州人杨惠之首创。即在墙壁上塑出云水、岩岛、树石，以佛像等圆塑散置其间。有故事情节的人物雕塑群使雕塑的艺术容量更为丰富，仿佛是山水画与人物画的结合。

各式各样的人物经朱文茜塑刻点化，变化为姿态各异的应化身。观世音坐像居中，丰神丽容，澄思渺虑，面部表情细腻自然。周围是观世音菩萨三十二应化身，皆靓妆冶容。站立在两旁的善财童子和龙女皆庄严，但表情又生动自然。佛像衣饰的轻薄、略有下坠的感觉，褶皱也被表现得淋漓尽致，如佛像肩上的飘带，曲折围绕，柔和浪漫；衣褶则简而有韵。观音座下的龙，鳞片是由朱文茜一片一片贴上去的。

朱文茜作品《和合》

朱文茜所塑佛像栩栩如生

一堂是大势至菩萨和净土宗十三祖师像，佛容修长，含笑超尘，栩栩如生，有一种超人的定，超神的动。祖师形象，有的严肃，有的从容，有的光彩照人。佛后有两组共十个飞天造型，裙角飞扬，轻灵飘逸，透着柔和浪漫的气息。

这两堂壁塑，耗费了朱文茜整整四年的心血。有一次恰巧有义工经过，看到尚未完成的壁塑，瞬间感动了，对站在脚手架上工作的朱文茜激动地探问："老师，我可以跪下来吗？"朱文茜笑笑说："行啊。"

朱文茜作品细节

高仓健的执拗

三十多年前，日本电影《追捕》让中国观众认识了日本著名演员高仓健。生活中的高仓健内心隐忍、坚毅，对事物有自己的坚持。多年以前，高仓健委托上海的朋友在中国寻访名家，想订制一批泥塑捏像。他的朋友寻觅了很多地方，拿去了无数样品，高仓健却都看不上。偶然间，朱文茜做的泥塑儿童捏像一下子击中了他的心。他告诉上海的朋友不要再去找了，就订下了朱文茜的小型泥塑。

朱文茜做的这批泥塑儿童捏像有二十组近百个造型，每个捏像的表情都不相同：有光着屁股坐在地上的，有欺负了同伴却得意扬扬的，有被欺负了哇哇大哭的……朱文茜巧妙地捕捉到儿童丰富细腻的面部表情，让人叹为观止。

天真烂漫的泥塑儿童系列

上海的朋友觉得这些泥塑儿童捏像好归好，却缺少装饰，便擅自对其中三组进行了修改加工，结果这三组被高仓健退了回来——他说不需要任何修饰，他只要朱文茜老师的原创作品。朱文茜雕塑技艺之高超，由此可见。

光彩的背后

朱文茜的创作，活像是在雕塑一个人的灵魂，仿佛吹口气，那泥塑便能活过来。她手中的作品，无论是修复的佛像还是原创的人物，无不流露出一种“真、善、美”的感染力。而看似毫不费力的背后，却饱含着无数的挫折和磨炼。光靠技法是不够的，泥塑的创作还需要手眼心法的高度配合，需要敏锐捕捉人物的神态。

朱文茜作品《张辛稼》

从十多岁开始接触泥塑算起，朱文茜从事雕塑创作已经近六十年了。长期的劳作损害了她的健康，背疾令她从衣柜里抽一件冬天的衣服都非常困难。尤其到了冬天，站在脚手架上，手里捏着的泥就像是一块冰，握得手刺骨地痛。

她曾为台湾星云大师创作过系列泥塑小像，将星云大师率性自然的性情表现得非常传神。后来星云大师到访苏州看到这套小像，爱不释手，亲自找到朱文茜，盛情邀请她赴台发展，她笑着婉拒了。

爱因斯坦说，艺术能给予人们心灵的抚慰。朱文茜的作品做到了。她说，塑造的过程，便是将自己生命的精髓融入作品中的过程。

曾经的名人住宅成了创意苏帮菜馆

从平江壹号走出的“流氓大亨”

文、图 / 倪熊

平江路郡长巷口的鹤鸣堂康宅是一幢惹眼的建筑，青砖洋房在粉墙黛瓦中显得“另类”。门朝南开着，高处醒目地写着几个大字：平江壹号。木制的牌匾上介绍说，这里在二十世纪二三十年代曾是黄金荣的宅子。

黄金荣的确在苏州开发过房地产。现在在苏州城里留存的多处石库门里弄住宅、洋房建筑，大多曾是他的产业。其实，二十世纪初上海滩如雷贯耳的“流氓大亨”黄金荣与苏州之间的联系不仅仅是房地产。他的父亲是清朝末年苏州衙门的捕快头目，所以他后来在上海租界里当巡捕也算是子承父业了。

黄金荣的生生死死都和苏州有关。1868 年，他出生在苏州，祖籍浙江余姚，小名和尚，绰号麻皮金荣。黄金荣在 1953 年离世之后叶落归根，葬在苏州市郊。

我住的地方位于苏州城南，从前叫青旸地，曾是苏州的日租界。黄金荣早年曾混迹在这里，但收入低微，衣食难周。他感到在苏州自己没有飞黄腾达的机会，于是下定决心去上海滩闯荡。临行时，黄金荣特地去了石湖上方山的五圣庙烧香许愿。他飞黄腾达之后，信守承诺，每年八月十八日左右必会到此进香还愿。黄金荣发达后，他在华丽的服装内还会贴身穿一套香云纱衫裤，以示不忘当年在苏时潦倒的情形。

名噪上海滩的黄金荣

他常来苏州，频开香台，广收门徒，也收了一些当时工商界的知名人士为徒。1944 年，黄金荣的得意门生、玻璃大王陈建廷出资在临顿路菉葭巷附近购屋二所，建成“荣社”会所，用作同门弟兄集会及黄金荣来苏时的逗留之所。

初到上海的黄金荣曾当过裱画匠，又在上海县衙门里做过一阵子捕快。他听说进租界里的巡捕房能吃香喝辣，便决定去碰碰运气，没想到居然被录用了。那一年他才二十二岁。

黄金荣跟在法国巡捕的屁股后面，挨家挨户征收“地皮捐”“房屋捐”，表现得格外卖力。由此，他由华捕提升为便衣，也就是“包打听”，用“黑吃黑”“一码克一码”的手法，网罗了一批“三光码子”，名声大噪，升任唯一的华人督察长，渐成地方一霸。他自称“天”字辈青帮老大——当时上海滩青帮的最高辈分为“大”字辈，他这是摆明：你“大”我“天”，我还要压上你一头。

黄金荣利用手里的权力，贩卖鸦片，开设赌场，合伙开跑狗场等，通吃黑白两道，没过几年就成为上海滩头号大亨，门徒达一千余人。1928 年，黄金荣被弟子蒋介石任命为国民政府少将参议、行政院参议。

在平江路苏式建筑群中，鹤鸣堂很是抢眼

鹤鸣堂界碑犹在

黄金荣钟情苏州，在上海发迹后，他公馆内的用人包括管家都是清一色的苏州人。1953年，他已到了风烛残年的时候，生活落魄，最后死在上海。闻讯而来的青帮“江北大亨”顾竹轩给他买了一口棺材，将他葬于苏州灵岩山下的陵园。“文革”时，墓园被毁，成为橘园。

平江路上这栋鹤鸣堂康宅建筑面积近五百平方米。宅墙砖比较特别，都是从国外进口的，上面的英文字母标识十分清晰，不多见。我小时候最后就读的是郛长巷小学，在巷子中间一段，上下学时经常走过这里，也听说过关于这个宅子的一些传说。那里曾经一度为原南京军区空军接待站所用，后来成为嘈嘈杂杂的民居。现在，这里成为一处颇受欢迎的时尚餐厅，宅子的结构没改变，但内饰却让人耳目一新，透着时尚和怀旧的双重元素。但有关黄金荣的痕迹，已经荡然无存了。

风雨如磐，物是人非

仗义执言、刚直不阿的吴大澂 顾曾平 / 绘

水墨名臣吴大澂

文 / 亦然

吴大澂绝对是一位经历丰富而有趣的人物，又是苏州书画家里最难以一句话说清的人物。

丹青留名

他是著名的书法家，擅长书写篆、隶、行、楷各种书体，其中以篆书成就最为著名。他的隶书取法汉碑；行书学曾国藩，又颇有黄庭坚的趣味。在清代书坛上，吴大澂是书写大篆第一人。他的金文对后世的影响很大。

他是著名的文字学家。著有《说文古籀补》，以金文补《说文解字》，是研究金文的重要典籍。他还将收藏研究古玉的心得写成《古玉图考》，是古玉研究的重要典籍。

他还是画家，特别喜欢恽南田。他的画风气格高古，清新可爱。但是他在其他方面的名气太响了，他的绘画名声因而被淹没了。

吴大澂名气最响的身份是清末名臣。他这个名臣可不是浪得虚名，而是由许多政绩牢牢支撑着的。

左：吴大澂 右：吴大澂祖居内景 杜祯彬 / 摄

仗义执言

吴大澂（1835—1902），初名大淳，字止敬，又字清卿，号恒轩、白云山樵、白云病叟、颂轩、郑龛、二田居士，晚号愙斋，苏州人，同治进士，朝考授编修。

官场里的吴大澂是个敢于说话的人，任陕甘学政时，曾大胆上疏，请求停止议修圆明园；同治皇帝大婚，他大胆上疏，奏请裁减典礼。光绪十五年（1889），他又上疏奏请尊崇皇帝本生父以称号，使得慈禧大怒。

光绪十四年（1888），黄河在河南郑州附近决口，黄水泛滥成灾。清政府派吴大澂治理黄患，他微服混杂在送料民工中，发现物料短缺，民工还被克扣工钱，遂率众与管料官员争吵。该官员正拟将他推下鞭杖时，他的随从立即站出高呼："他是河帅，谁敢动手？"吴大澂随即喝令随从对管料的官员予以杖责，以儆效尤，全场震动，收效奇佳。

保疆垦边

吴大澂仕途生涯中最引人注目的，还是在东北边疆地区彪炳史册的一番作为。

光绪十一年（1885），已升任都察院左副都御史的吴大澂奉旨到吉林的宁古塔与俄使巴拉诺夫共同查勘国界。次年，吴大澂作为中国首席代表在岩杵河与俄国进行勘界会谈。面对强横的沙俄帝国，他义正词严地提出，按《中俄北京条约》记文，由海口量准 20 华里处立土字碑，拒绝了巴拉诺夫坚持在距江口 44 华里处立土字碑的无理要求，从而收回了被沙俄非法强占的黑顶子百余里领土，争得了图们江通海航行的权利。随后，他又于长岭子中俄交界要隘上添立铜柱，并亲自以大篆勒铭其上："疆域有表国有维，此柱可立不可移"。

吴大澂是开发东北的先行者和功臣，是他劝动光绪帝开了边禁，使得山东移民大举迁往东北开垦戍边。

吴大澂经常深入垦区了解民情，帮助垦民解决种子、住房、家具等实际问题，并建立义仓，储粮备荒。当年垦民们为吴大澂在东宁三岔口的庙岭村修庙立祠，春秋供奉，用最直接、最朴素的方式表达他们内心的情感。

投笔从戎

光绪二十年（1894），甲午战争爆发，吴大澂时任湖南巡抚。他虽然只是一介文臣，但为了救国家于水火之中，毅然投笔从戎，并以他固执的个性连续上疏，"奏请统率湘军赴朝督战"。不久获清廷允准，"带勇北上"，吴大澂被任为帮办东征军务。

光绪二十一年（1895）一月，吴大澂率新老湘军二十余营出关，迫不及待地驰向战场。从二月二十一日开始，吴大澂与黑龙江将军依克唐阿、吉林将军长顺及宋庆等部合军，齐力反攻海城。到三月七日，营口、田庄台接连失陷，"湘军力战而败，死伤过多，人心不振"，吴大澂想要拔剑自裁，但是被左右阻止。吴大澂的兵败对清政府打击重大，清廷以吴大澂"徒托空言，疏于调度"为由，撤去他帮办军务。光绪二十四年（1898）又降旨革职，永不叙用。

文朋艺友

吴大澂本质上还是一位文人、一位钟情于书画的艺术家。他北上与日作战时，幕僚中还有两位从苏州带去的画家：吴昌硕和陆廉夫。吴昌硕还曾送他一枚“辽东将军”古印以示激励。文人带兵，画家议战，更兼情势如此，不败也难啊！

其实吴大澂本无必要去打仗，他在官场里“文采风流，照耀京国”，朝中几位权贵都和他要好，光苏州同乡就有两位——一位是两代帝师翁同龢，一位是军机大臣潘祖荫。

潘祖荫是吴大澂的座师，吴大澂在翰林院供职之时，给他写信用的都是古篆体，不到半年，就积累了三大册。有一次吴大澂去见潘祖荫，潘祖荫“抱怨”地说：“老弟以后写信，还是稍微潦草点吧，我半年来花在装裱上的钱可不少啊！”又过了一些天，潘给吴送了个帖子，上书“老弟古文大篆，精妙无比。俯首下拜，必传必传，兄不及也”。老师对学生如此佩服也是很少见的。后来吴大澂出为湖南巡抚，平常批公文也用大篆，搞得手下人看不懂，还得回来请教。

慧眼识才

吴大澂还很识才、爱才。在他的幕僚花名册上，画家吴昌硕等自不必说，还有一位大作家刘鹗，是在他任河帅时投于门下的。刘鹗精于设计和计算，在治河中屡屡立功。此外，胡适的父亲胡传也是吴大澂的幕僚，后来吴举荐他到郑州、苏州、上海等地任职，后胡传到台湾任台东直隶州知州，兼驻军统领。

吴大澂还和袁世凯有着不一般的关系，先是他救了袁，后是袁救了他。

光绪十年（1884）十二月，朝鲜亲日派在日本军队的支持下发动政变，囚禁国王，杀害亲华大臣。袁世凯亲自带兵平定政变，解救了国王。这是大清朝对日作战的最后一次胜利。但朝廷却以“无端挑起与日本的事端”为由欲惩办他。钦差吴大澂到朝鲜准备处决袁世凯时，

左：吴大澂山水画 右：吴大澂篆书自成一家

却发现这袁世凯是个奇才，由此保下他并与其成为莫逆之交，甚至还定下儿女亲家。十年后吴大澂战败，因为他和翁同龢都是帝党，慈禧要治他的罪，亏得袁世凯从中斡旋，才以革职了事。

回到苏州，吴大澂终于可以静下心来写字、作画、研究学问了。由于他的名望和在艺术上的修养，不久就成为东南一带艺坛的执牛耳者，学者靡不从之。未已，吴大澂与苏州的著名书画家顾若波、金心兰、胡三桥、陆廉夫等结画社于顾氏怡园，人称“怡园七子”。

留园东山丝竹厅旧址 于祥 / 摄

在留园，寻访盛宣怀的足印

文 / 包兰

中国四大名园中有两座苏州的园子——拙政园和留园，故而人称“江南园林甲天下，苏州园林甲江南”。

始建于明万历年间的留园，经历了近500年的沧桑历史，以古典建筑丰富多样、空间处理艺术绝佳、太湖石峰称冠天下、厅堂陈设华丽典雅而著称。它犹如一部从明清到民国的中国园林发展史，也交织着一段古代官员的宦海沉浮史。它的最后一任园主是大名鼎鼎的“中国商父”、近代实业家和慈善家盛宣怀。

名石与戏楼

留园，又称刘园、寒碧庄。清乾隆时，此园主人刘恕为石痴，搜罗太湖石十二峰。其好友昆山画家王学浩将这些太湖石逐一绘图，吴县（今属苏州）潘奕隽为各峰配诗。正是依据王学浩所画《寒碧庄十二峰图》，今人才得以领略、欣赏太湖石十二峰的风采。盛家购园后，进一步将爱石之风发扬光大。盛家在扩建东园时将冠云峰纳入留园，并围绕冠云峰建造了冠云亭、冠云楼、冠云台等，使得“皱、瘦、漏、透”的冠云峰成为留园的镇园之宝。

盛氏家族使苏州留园的辉煌胜过历代。清末学者、朴学大师俞樾作《留园记》赞曰：“泉石之胜，留以待君之登临也；花木之美，留以待君之攀玩也；亭台之幽深，留以待君之游息也。……留园之名长留于天地间矣。”

留园成为苏州最美的花园时，园内曾建有园林里第一座室内的双层戏楼——东山丝竹戏楼。该戏楼可以三面看戏，规模超大。更为时髦的是戏楼最早使用了电灯照明来强化舞台效果。根据书中描述与实地考证，戏楼在今天的留园东园一角。

可惜的是，1937年东山丝竹戏楼失火焚毁。幸而，1943年出版的一本英文版苏州园林书籍中有两幅东山丝竹戏楼的珍贵照片。

我们从俞樾为留园撰写的旧联可以想象其兴盛时期的情景：“一部廿四史，谱成今古传奇，英雄事业，儿女情怀，都付与红牙檀板；百年三万场，乐此春秋佳日，酒座簪缨，歌筵丝竹，问何如绿野平泉。”

始建于明万历年间的留园，有着近 500 年的沧桑历史 于祥 / 摄

笙歌归院落，灯火下楼台。园林档案中的老照片保留了八十年前的留园旧影，再现当时“东山丝竹”的风貌。

花几与兰会

一帧民国老照片上留下了盛康时期留园的厅堂摆设。其中，一个雕有四面镂空花纹的花几引起我的注意。在留园盆景园花房里，我记得自己见过这个物件。经反复对照后，果然就是照片上所摄之物。

花几应该是当时留园主人所用之物，距今已有近百年。如此珍贵的花几多少年来却一直搁在露天花房，历经风吹日晒雨淋，实在可惜。我嘱人将其搬出留园花房，移入园林档案馆，作为留园实物档案陈列展出，并将那张老照片冲印放大配在其旁以做比照证明。近距离欣赏民国彩陶花几，能让人真切感受到那个时代大户人家的起居潮流。

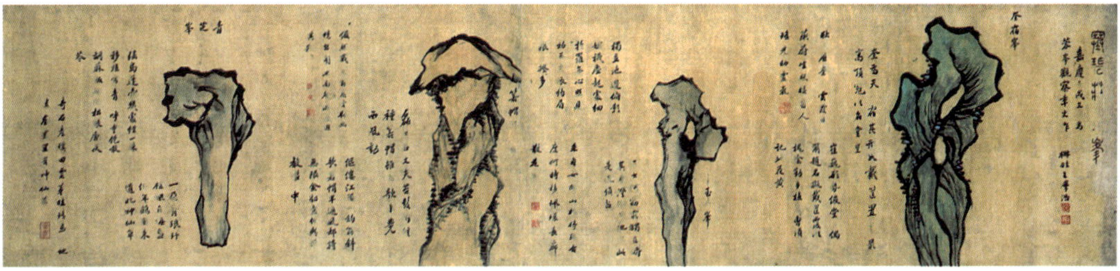

王学浩绘《寒碧庄十二峰图》

辛亥革命爆发后，盛家留园曾数度被没收和返还。宣统三年（1911）十一月，苏州都督府没收留园，将其改为民军事务所；1912年，经盛宣怀四方活动后由袁世凯下令发还；1927年，北伐军第21师司令部驻园；1929年3月国民政府又查封了留园交由吴县政府管理；同年6月留园经修葺后对外开放，还举行了兰花会，春秋佳日游客如云，荣升苏州第一游览胜地。

1932年，留园因战事关闭；1933年10月，盛宣怀已去世17年，彼时其子盛恩颐四处奔走才又将留园收回盛家；1936年春，留园成为张治中将军驻扎的“中央军校野营办事处”；抗战时期，留园被侵华日军占用，备受损坏；抗战胜利后国民党驻军留园，留园被破坏得惨不忍睹。

刘家和盛家都曾开放自己的私家花园供人游览甚至喝茶，史有记载。民国时留园对外售票可参观游览，票资收入贴补家用，现存当时留园管家的每日详细记录。此盛档在2017年中国北京园林博物馆举办的《中国四大名园门票联展》上作为文献资料展出，是园林档案印证园林历史的典型。

手札与名刺

2014年，苏州园林档案馆从百年旧书店文学山房主人、年已九旬的江澄波先生处征集到一帧盛宣怀信札。此札为盛宣怀手书行楷，竖行15列，共150余字。信是写给苏州木渎人、

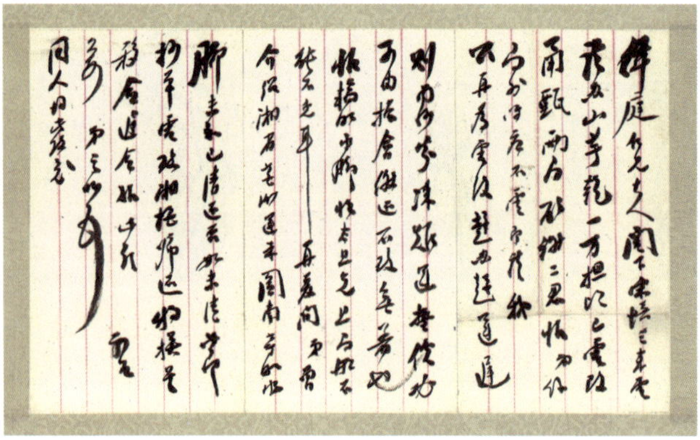

盛宣怀手札

曾任台湾道台兼按察使而后来在招商局工作的顾肇熙的。虽然不是一封特别重要的书信，但是也反映了盛宣怀做事认真细致、考虑周全的秉性。2015 年档案馆从江老处又征集到盛宣怀守制名刺一帧，特制的大红宣纸上写黑色楷书“盛宣怀”三字，其中首个字为姓，“盛”直接写在红纸上，“宣怀”两字则是另写在黄色宣纸再粘贴在红纸上。这样特别的名刺是因为当时盛家有丧事，盛宣怀正在戴孝。

盛宣怀是创造了“十一个中国之最”的传奇人物。他与苏州园林的因缘还不止留园。

常熟城西南隅的赵园位于翁同龢府前，初名水壶园，同治年间归阳湖赵烈文，俗称赵吾园。民国后亦归盛宣怀所有，成为盛家除了苏州留园之外的又一座私家园林。赵园虽不及留园名声显赫，但也是江南名园之一。1934 年盛家将此地产捐给常州天宁寺为下院。

后人与著述

2016 年 6 月，盛宣怀的后人盛坤贤女士来电联系我，表示要无偿捐赠珍藏的其祖父盛宣怀使用过的公文柜。我带领两名工作人员专程赴上海，从上海弄堂的一幢老式房子中将它安全运回苏州，这个公文柜成为苏州园林档案馆收藏的又一件盛宣怀的实物档案。

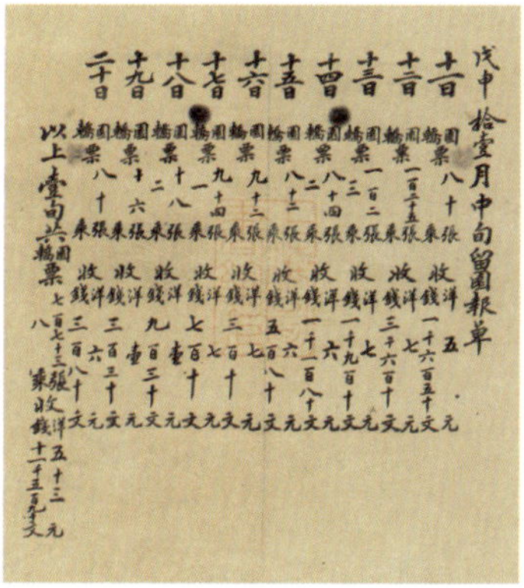

戊申拾壹月中旬留園報單

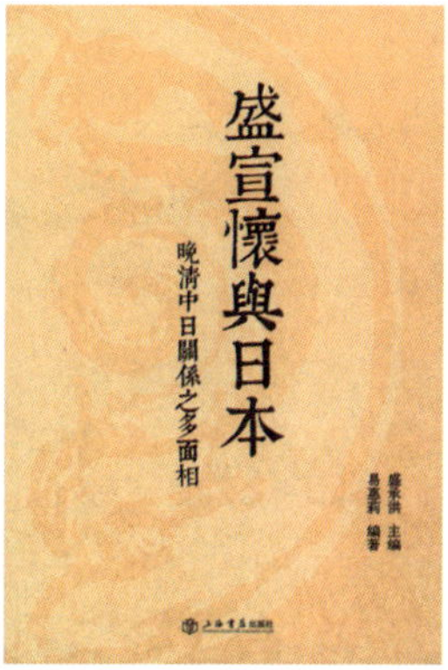

左：盛档留园售票记录　中：盛承洪主编《盛宣怀与日本》　右：《盛氏家族·苏州·留园》

据已八十高龄的盛坤贤女士介绍，此物最早存放于上海盛公馆书房内，盛宣怀过世后存放在上海新闸路洋房，因房屋动迁寄存于上海好友家中多年。其间盛女士多次搬家，始终不舍得将其处理。在了解到苏州园林档案馆正在征集盛宣怀档案资料时，她通过亲戚主动与我们联系沟通，表示愿意无偿捐赠此物，以了却多年的心愿。

因为工作关系，盛氏后人与我的交往颇多。其中，盛毓凤先生捐赠了《龙溪盛氏宗谱》，盛承志先生专程来馆捐赠了有关盛宣怀的书籍、光盘和纪念册，盛承洪先生捐赠了《盛宣怀与日本》一书，盛承惠女士提供了慈善公益照片，邵绡红、邵绡多姐妹提供了其父母邵洵美、盛佩玉的电子档照片，盛毓鹤先生提供了其父亲盛恩颐的电子档照片。2016 年，盛承懋回忆录《盛氏家族·苏州·留园》分别在苏州园林档案馆和苏州凤凰书城举办园林微讲堂及新书分享会，反响热烈。随着与盛氏相关的档案资料日益丰富，留园的历史风貌变得越来越清晰。

值得一提的是，2018 年 11 月，“东吴国际人道交流合作研讨会”在苏州召开，与会嘉宾还饶有兴致地参观了设在留园内的红十字救护站——不为人所知的是，盛宣怀还担任过中国红十字会的首任会长。

无论是宗谱、信札、照片，还是书画、陈设、峰石，时光逝去，印记犹在。

杨知事立碑护太湖 顾曾平 / 绘

63 岁的杨懋卿

“短命”知事杨懋卿

文、图 / 宋庆阳

杨懋卿是民国吴县知事公署第二任县知事。

第一任县知事宗能述，字加弥，浙江绍兴人，晚清时期曾担任长洲、吴县县令，深谙为官之道，有个“宗扒皮”的绰号，后转任吴县民政长、县知事，1916 年 8 月在广西苍梧道尹的任上病逝，任职仅一个多月。而接替杨懋卿的则是杭州人孙锡祺，字少川。这位孙知事也是一个封建旧官僚，抗战期间参加了杭州市治安维持会。他有个侄子更出名，是曾任北洋政府代理国务总理的孙宝琦。

相比前后两任同僚，杨懋卿这个知事做得有点憋屈，从 1914 年 4 月 15 日江苏民政长韩国钧发布其任职公告，到当年 8 月离职，在职期只有不到四个月。1994 年 2 月出版的《吴县志・大事记》中记载，1914 年 7 月 23 日，因久旱无雨，苏常道尹殷鸿寿、吴县知事杨懋卿、警察厅长孙筠在玄妙观、城隍庙设坛祈雨，《吴县志》还给出了“当局愚昧”的断语。肉食者鄙，这样看来，搞迷信活动的父母官杨懋卿似乎有点食古不化，知事做不长久，也在情理之中。

实则不然。

杨懋卿（1872—1938），字勉斋，号果岑，同治十一年（1872）六月出生于徐州府铜山县一个书香世家，为徐州府学廪生，宣统三年（1911）优贡生，毕业于日本弘文学院师范科。到苏州任吴县知事时，杨懋卿已经43岁了。此前，他曾担任江苏省砀山县（今属安徽）民政长、县知事一年有余。当时，砀山县府旁边有柳仙祠，每天总有人来烧香求药，每月的初一、十五两天更是人流如潮。杨懋卿上任伊始想破除迷信，破旧立新，后来“酌量好恶从民意”，并没有一意加以禁止。故此，杨懋卿在苏州求雨，也是形式大于内容，意在言外，如此而已。

杨懋卿1905年留学日本时即加入了同盟会。他具有深厚的旧学基础，留学回到地方后兴办中小学堂、师范传习所，与友人出版《醒徐日报》，曾担任中小学校长、监学、教员、临时县议会议长等。任职砀山县民政长期间，他兴利除弊，关心民瘼，围剿土匪，卓有政声。对吴县的这段任职经历，他是有遗憾的：“飘残萍梗踪犹在，冷落棠阴阴未成。最是开颜频仰望，虎丘一塔晚霞明。”

杨懋卿的始祖在崇祯年间避乱从山西迁到徐州，顺治时入籍铜山，到他这一辈已经传至第九代了。第五代高祖宜堂，始入太学，后以商贸致富，成为大地主。其父承露行伍出身，曾任徐州守城绿营把总。治事之余，“每讽诗歌，或临碑帖”。懋卿自小在这样的家庭长大，后以优贡生做了七品小官。晚清战乱频发，百业萧条，他深知民间疾苦，所以做官后必以民之好恶是从，算得上是一位亲民之官。

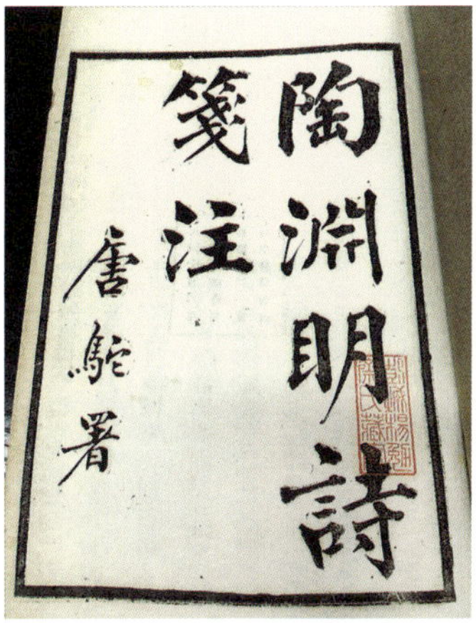

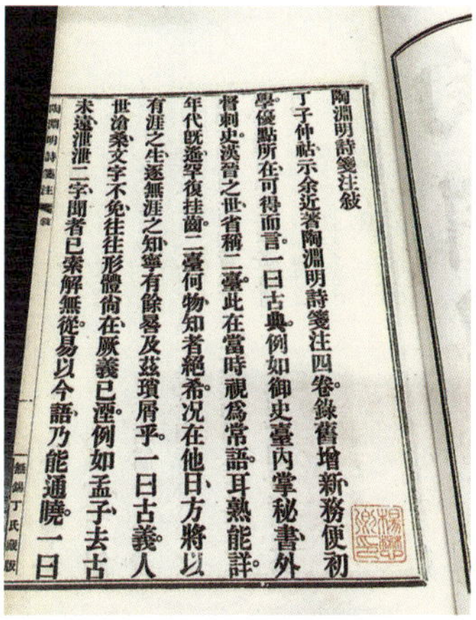

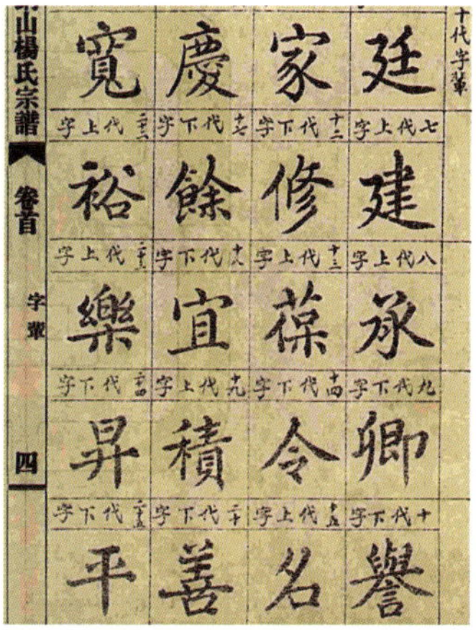

左：《陶渊明诗笺注》彭城杨勉斋氏藏书　中：《陶渊明诗笺注》中“杨懋卿印”　右：铜山杨氏二十代字辈

“世无长乐老，吾民安所托”，从砀山到吴县，从原来保境安民到劝农兴商，杨懋卿开始施展其政治抱负。上任的第一个月，他便积极调停处理苏州总商会、苏城丝业公所、苏城云锦公所与东桥乡（今东桥镇）大源茧行的纠纷，使事情得到了圆满的解决。

作为具有新学背景的知识分子，在劝农、兴农的同时，他又具有长远的发展眼光。1914年5月26日，他将省巡按使署禁止太湖围筑芦荡垦田的禁令刻石立碑，上写有“围筑沿湖芦荡于水利极为不利，嗣后筑围之举永远杜绝、严禁不兑（贷）”。这道禁令后来执行如何，不得而知。

杨知事领取了大总统颁发的七等嘉禾章、五等金质单鹤章，画了一个“江西任用知县”的大饼之后，就离职走人了。之后，他任江苏省议员，担任铜山县劝学所长、教育会长十多年之久。国民政府定都南京后，他短期担任过江苏省民政厅、安徽省政府秘书等职。晚年回故乡铜山，编著有《花萼轩诗存》《铜山杨氏宗谱》，1938年病逝。

苏州酒话

文 / 李希文

老式的酿酒坊 于祥 / 摄

苏州人是不喝酒的，只吃酒。

北方人就很不理解：酒怎么能吃？明明是喝的嘛！

苏州人还不仅仅是吃喝不分。30年前跟朋友去辽宁，朋友给人递烟："来，吃烟，吃烟！"那人迟疑了一下，接过烟，然后就傻愣在那儿："吃？你叫我怎么吃啊？"

扯远了，还是说酒。

苏州人吃酒虽没有北方人那样豪放，但酿酒的历史却也源远流长。据说，春秋时期，城西南的新郭一带便盛产佳酿。到了宋、元，更是形成了一道"新郭家家是酒帘"的风景。

早先苏州人酿的酒，都为米酒和黄酒。严格说起来，米酒也属于黄酒。它的用料及酿制方法，都跟黄酒无大异。

白居易在《钱湖州以箬下酒李苏州以五酘酒相次寄到无因同饮聊咏所怀》一诗中提及的五酘酒，也是黄酒的一种。何为"五酘"呢？范成大在《吴郡志·土物》里是这么说的："今里人酿酒，曲米与浆水已入瓮，翌日，又以米投之，有至一再投者，谓之酘。其酒则清冽异常，今谓之五酘。是米五投之耶？"清人桂馥在其《札朴》中也道："吾乡造酒者既漉，复投以他酒更酿，谓之酘酒"。酘，实际上就是在黄酒酿造的过程当中，再次加入主要原料（饭）参与发酵，也就是通常所说的"加饭"工序。所以说，五酘酒就是在黄酒酿造过程当中，进行五次加料的"加饭酒"。

在很长的一段时间里，苏州的米酒和黄酒都是由酱园或槽坊兼酿、兼营的。直至绍兴黄酒传入，苏州才有了真正意义上的酒坊。

古新郭酒坊情景重现 乌培宁 / 摄

绍兴黄酒是在清代传入苏州的。第一家绍兴酒店开设在阊门外渡僧桥附近，字号是“老宝裕”，专营“花雕”“状元红”等绍兴黄酒。由于绍兴黄酒色泽、口感俱佳，深得苏州人青睐，老宝裕的生意十分兴隆。此后，一些绍兴酒商也纷纷来到苏州开设酒店。“绍兴黄酒”从此占据了苏州的大半壁江山，对苏州本地产的黄酒造成了不小的打击。为了有所区别，从那时候起，人们便把苏州本地产的黄酒称作“土黄酒”。

那个时候，交通不是很方便。绍兴的黄酒要运到苏州来，需走水路，还要几经辗转。一条线路是：先将酒驳运到镇塘殿码头（现属绍兴市越城区），过坝后装上木帆海船，经曹娥江进入东海，运至海宁县的乍浦码头后，再转由内河船运至苏州。还有一条线路是：把酒驳运到萧山的西兴码头，装船后，再经钱塘江和京杭运河运到苏州。这两条线路运输的时间长，运费昂贵，而且在多次驳载、搬运的过程中，陶质的酒甏易被碰碎，故损耗也较大。于是，一些有头脑的绍兴酒经营者，便有了在苏州开设酒坊自行酿酒的想法。

山塘街绿水桥堍曾有绍兴酒坊 于祥 / 摄

清光绪三十年（1904），绍兴钟家硖村人金士洪等三人通过合伙的方式，在娄门创办了苏州第一家绍兴酿酒作坊“同兴昌”。这家绍酒作坊共雇工6人，每年霜降至立夏时进行黄酒生产，年产黄酒100多缸（每缸投料300斤，出酒约600斤）。也许是“水土不服”的缘故，同兴昌酿出的黄酒质量不是太好，故销路不畅，酒坊经营艰难。两年后，同兴昌便再也支撑不下去，被迫关门歇业。

民国二年（1913），金士洪之子金家学（一说金家悦），在幽兰巷一个名叫顾若如的士绅资助下，于邻近虎丘的山塘街绿水桥堍开办起了“金复兴”绍酒坊。这个名号，有着“复兴金家之业”的意思。金家在苏州重操旧业，酒坊脱胎重生。金复兴生产的黄酒因质量优良、价格公道而逐渐在苏州市场上站住了脚，规模也得以扩大。1915年，金复兴绍酒坊移址到不远处的青山桥浜，黄酒的年产量也从先前的200缸增至500缸。

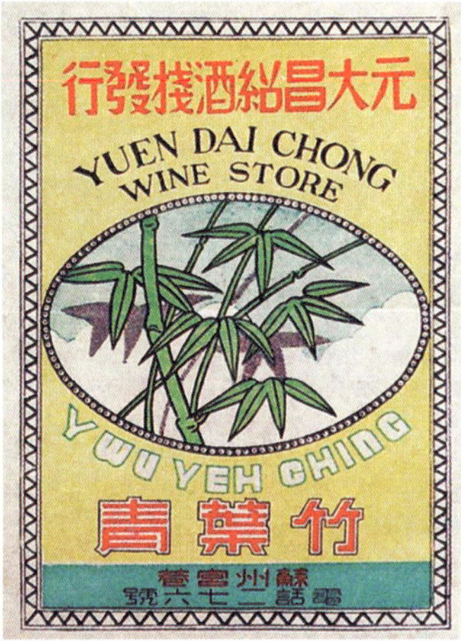

左：苏州横泾米烧酒（同丰酿酒厂监制） 中：竹叶青（元大昌绍酒栈发行） 右：醇香酒（苏州东吴酒厂出品）
图 / 杜祯彬、李希文

金复兴的兴盛，带动了苏州黄酒业的发展。此后的几十年里，“金泉和”“鸿源”等大大小小的绍酒作坊陆续出现在苏州城里。据二十世纪四十年代后期的一个统计，当时苏州共有 70 多家黄酒作坊。其中，年产 900 缸以上的“特等户”3 家，600 缸以上的“甲等户”14 家，400 缸以上的“乙等户”21 家，200 缸以上的“丙等户”21 家，200 缸以下的“丁等户”16 家。黄酒总年产量 3 万多缸。

相比之下，苏州白酒生产的历史和规模，都远不如黄酒。

白酒也被叫作烧酒。苏州烧酒业的产生，比黄酒业要晚了许多。民国《吴县志》记载：“烧酒，始于元时，非古法也。”

苏州市面上的烧酒，最初也是由酒商从别处贩运来的。清同治年间，桃花坞一位吴姓人氏开办了苏州第一家烧酒行“吴万顺”，该酒行主要销售泰兴、无锡和横泾等地出产的烧酒。

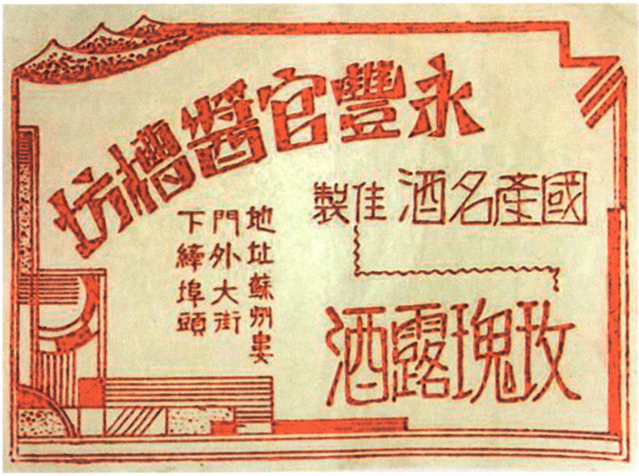

左：五加皮酒（中国糖业烟酒公司江苏省苏州分公司革委会改制） 右：玫瑰露酒（永丰官酱槽坊佳制） 图 / 杜祯彬

此后，又陆续有“钱义兴恒记”“张信号”等十五六家烧酒行开办，但也都是销售别处进来的烧酒，没有一家自行酿造。

1934 年时，有个叫于观清的无锡人看到了其中的商机。他利用山塘街半塘一个六十多平方米的土场，以一个土灶、一副石磨、一只甑桶、一头骡子和四十多只醅缸，开办起苏州第一家烧酒坊“德泰号”。这家烧酒坊雇用了两个工人，进行季节性生产，年产烧酒 168 吨。

此后，一些烧酒坊也陆续开办。甚至原先只是售卖烧酒的酒行，也加入酿制烧酒的行列。至中华人民共和国成立之初，苏州已有烧酒坊 20 来家，不过规模都不大。即便是最大的烧酒作坊“公兴号”，也只有 3 副土灶、25 个工人。

1956 年，在对工商业进行社会主义改造的过程中，这些私营酒作坊实现了本质上的蜕变，苏州酿酒业也从此驶上了工厂化生产的轨道。

面馆装修，把老招牌露出来了 杜祯彬 / 摄

一“面”之缘

文 / 苏眉

苏州人早上的“皮包水”，除了茶，还有面。苏州的面，无汤不面，它和碧螺春一样，一见就可知道产地，因为样子太苏州。

面条在苏州的地位有点微妙。不像有些地方，将面作为正经的压寨夫人供着，大小场合都要带着撑场面，缺它不得，在苏州吃饭，若是少了一道面，仿佛无人会在意。特意到苏州来寻觅美食，如果没有吃到面食，似乎也不会抱憾而去。若恰好吃到了，平白多出一个惊喜，却也不是锦上添花，而是“此时无声胜有声”。

苏州人一向含蓄。吃食与日子，都是自己的，如鱼饮水，冷暖自知。你根本不会知道弄堂里与你擦肩而过的穿着大裤衩、趿着拖鞋的老头，脖子上戴的是一块价值连城的汉白玉；一个挎着菜篮子、在菜市场讨价还价后归来的阿婆，走进的是摆着一堂上百年红木家具的小阁楼；随便在个小馆子里吃饭，你也许可以看到主流期刊上一张熟悉的脸，而这张脸，正与掌勺的师傅聊得风生水起。

所以，面条在苏州，至多算是个像贾府里平儿那样的通房丫头，倚着那人品模样，似乎有点委屈了她。古时人们常说“妻不如妾”，而通房丫头连妾都不算，倒是更容易得宠的。所以，苏州的面馆家家生意都好，只要味道地道——苏帮菜用料讲究，做工精细，又是“不时不食”，四季吃得分明，许多材料都是应季而生，为苏州所独有，在外地很难依瓢画葫芦。但是面馆却异军突起，在上海等地都牢牢站稳了脚跟，生意好到爆棚，靠的还是一个讲究。

面条的灵魂在于汤。汤要用鸡骨架、鸭骨架、豚骨、黄鳝骨头等长熬而成，调味也要得当。苏州人大多吃细面条，家家面馆的面条都是同一副面孔，要下的还是汤与浇头的功夫。浇头有炒肉、大排、熏鱼、素交、咸菜肉丝、荷包蛋等等。到了夏天则有三虾面，即将新鲜虾仁、虾子、虾脑炒成浇头。三虾面一年也就上市那么一阵子，所以虽然价格昂贵，但许多苏州人还是会排队尝鲜，因为每日供应有限，要早起凭着运气才吃得到。此外，还有枫镇大面、两面黄、风扇凉面、奥灶面等，都是面食爱好者不可错过的经典口味。

素油炒的油面筋与香菇、山笋令面汤鲜美 于祥 / 摄

张爱玲到杭州西湖楼外楼菜馆吃面，只将一碗面汤喝尽了，浇头也吃掉，道："宽汤轻面，那面最好轻到没有。"我看了觉得惋惜，吃面喝汤，天经地义，但是真把那面条剩下了，还是觉得于心不忍。唐鲁孙的书里有写一个卖小馄饨的夜摊子，只放一排调味罐，出馄饨时"这里抓一把，那里抓一把"，就可以把一碗白开水的味道调得风生水起，我看了颇为惊异。苏州人都长了一条"刁舌头"，味精与高汤的味道，一尝即知。如果厨师调料放多了，吃罢后要喝大量的开水，容易被人骂山门。好在苏州话儒雅，即便是抱怨，也像隔靴搔痒。

灵岩山的一碗面，也是令我印象深刻。若说滋味，与苏州城里的面条比起来，它就是一个乡野村妇。但是那种质朴的味道，却是城里的小家碧玉无法比拟的。我对山林一直心存好感与敬畏，觉得人是不能离开地气的，何况山林更有仙骨，于是像祭祖一样每年都去拜访灵岩山。去的话，除了吃茶，还要吃碗面，这一行才算圆满了。

灵岩山的面，味道经年不变。面条也比城里的粗与硬。素油炒的油面筋与香菇、山笋令面汤鲜美。在山间穿行后胃口"出色"，这时便鲜有浪费。我很喜欢在那老旧的木头隔窗边上坐着，看那青翠山色。面堂里昏暗，墙上挂着一幅僧侣画作，泛黄卷面，悠长静远，有点隔世之感。台湾饭食里有"古早味"一说，我觉得用在这里是很适宜的，虽然意与味都是那么的大相径庭。

三虾面 于祥 / 摄

同得兴的枫镇大面

文 / 杨一江

苏州面食不输北方 于祥 / 摄

山西的面食闻名天下，但我身在太原，却慕名苏州的面。

山西的面，变化在面。诸如手擀面、刀削面、剪刀面、猫耳朵、拨面、饸烙等，花样繁多，但万变不离其宗，总是面而已。而其浇头，却只有西红柿炸酱、肉末炸酱和烧肉杂烩等寥寥几种。

苏州之面则不同。面只有一种，其变化在于浇头。我心中苏州最著名的“十碗面”是：

五芳斋的五香排骨面、松鹤楼的卤鸭面、陆长兴的葱油香菇面和熏鱼面、美味斋的爆鱼面、同得兴的枫镇大肉面、陆稿荐面馆的爆鳝面、黄天源的炒肉面、朱鸿兴的大排面、俞长盛的双凤羊肉面、伟记奥灶面馆的奥灶面、东吴面馆的红油面和陆长兴吴中店的香菇面，其变化全在于汤和浇头。

也许，这就是南北两种文化的不同吧。就以过年而言，南方人的年夜饭要烧一桌子的菜肴，而在北方，却主要是包饺子。

苏州的面点，不仅浇头丰富，而其吃法还深有讲究！正如陆文夫在《美食家》中所描绘的那样：

“吃还有什么吃法吗？有的……硬面，烂面，宽汤，紧汤，拌面；重青（多放蒜叶），免青（不要放蒜叶），重油（多放点油），清淡点（少放油），重面轻浇（面多些，浇头少点），重浇轻面（浇头多，面少点），过桥——浇头不能盖在面碗上，要放在另外的一只盘子里，吃的时候用筷子搛过来，好像是通过一顶石拱桥才跑到你嘴里……”

苏州人的讲究吃法，深合孔老夫子“食不厌精”的教诲。就连一块普通的腐乳，苏州人也要加上香油和白糖。除了如此变化复杂的“吃法”之外，更深层次的讲究，是要吃头汤面！

头汤面者，面店开门后所下的第一锅面也！

记得我的祖父在上海时，每天清早起来，先到文庙打拳锻炼，然后要到辣斐德路（今复兴中路）去吃头汤面。

以面食为主的北方，有句俗语："混汤饺子清汤面。"可见头汤面，确实有其好吃的地方。不过，本人却从未吃过面馆的头汤面，而在家中，却总是吃头汤面。其中的差别，我至今也没有感觉出来。

记得在苏州游览园林之余的一大乐趣，是到同得兴吃一碗枫镇大面。

同得兴的内部装饰很简朴，里面摆着木头长桌子和长条凳子。需要排队买票，自己去窗口端面，像是人民公社的食堂。但这也是好几年前的印象了，现在是否与时俱进，则不得而知了。

我们通常是买两碗面，再加四样浇头：枫镇大肉、虾仁、罗汉全素和爆鱼。其他三种都属常见，唯有这枫镇大肉，却是同得兴的招牌菜。

与上海大肉面中的大肉不同，枫镇大肉并非浓油赤酱，而是纯靠咸盐吊味。大肉肥而不腻，入口即化，深得肉味之真谛。妻子本来不吃肥肉，而对枫镇大肉中的肥肉，却是赞不绝口，绝不嫌其肥也！

枫镇大面的特色面汤是清汤。吊汤用的材料除了常见的肉骨、鳝骨外，还有酒糟和螺蛳。其汤味鲜美，另有风味。一大碗面下了肚，感觉苏州面点果然名不虚传！

枫镇大面之"枫镇"，正是指"姑苏城外寒山寺"所在的枫桥镇（不过现在的行政区划，已经改"镇"为"街道"了）。而枫镇大面的来历，却还有一段故事。

相传，有一次乾隆皇帝下江南时，乘船来到苏州城外的枫桥镇。这时，天刚蒙蒙亮，皇帝没有吃早点，肚子饿了。可是这么早，枫桥镇上只有一家小面店开着门，于是侍从走了进去，吩咐店主赶紧上面。

传说中的枫镇大面 于祥 / 摄

店主刚在和面，还没有开始压面，在催促之下，想用昨天的剩面救一下急。为了防止隔夜的面发酸，店主顺手加了点酒酿进去，最后做成了三碗大汤面。

乾隆也许是饿急了，汤面吃得津津有味，连声夸奖说：“好一碗枫镇大面！”皇上的金口玉言，胜却无数广告，于是“枫镇大面”的名声从此传了开来！

乾隆皇帝大概老是出门错过吃饭时间，所以类似的故事还有很多，例如北京的“都一处”也是这样被皇帝亲封的。很多人对这类故事表示怀疑，所以枫镇大面的来历还有许多不同的版本。不过真也罢，假也罢，相比之下，我宁肯相信乾隆下江南的故事版本。造点皇帝的八卦，比较有趣也！

兄弟、朋友去苏州游览，除了园林之外，我总要推荐枫镇大面。但朋友们的食后感，却常常褒贬不一。可见对于美食，人们实在各有所好，不可一概而论也！

移到寿星桥上的百狮子桥栏

百狮子桥的桥址之谜

文、图 / 杜祯彬

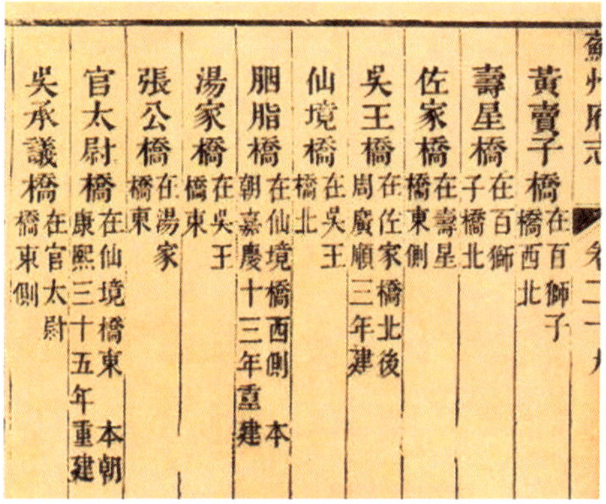
蘇州府志
黃賣子橋在百獅子橋西北
壽星橋在百獅子橋北
佐家橋在壽星橋東側
吳王橋在佐家橋北後周廣順三年建
仙境橋在吳王橋北
胭脂橋在仙境橋西側本朝嘉慶十三年重建
湯家橋在吳王橋東
張公橋在湯家橋東
官太尉橋在仙境橋東本朝康熙三十五年重建
吳承議橋在官太尉橋東側

清同治《苏州府志》的相关记载

百狮子桥在古城中东部，关于桥址颇有争议。在清代及之前的地图上，百狮子桥跨第四直河；好几版的民国地图上，百狮子桥跨百狮子桥浜，也就是第四直河的东支流。两个桥址均有出处，那百狮子桥究竟架于何处呢？

百狮子桥始建于南宋，系武康石拱桥。桥栏板上精雕各种姿态的舞狮九十九只，桥故名“百狮子”。桥址附近的巷子也称作“百狮子桥”。民国《吴县志》载：“嘉靖十六年，汤悦重建，重修百狮桥铭由沛县人彭泽撰并书。”翻遍吴地旧史志，民国《吴门坊巷待輶吟》对百狮子桥记载得最详细。它描述了石狮居然作怪现人前，故被民众凿伤。由此可知原本桥栏上精美的狮雕，在清代时已经不完整了。1965 年，百狮子桥被拆除，三块武康石桥栏被移到相近的寿星桥上，桥栏两面各有浮雕狮十六只。

现第四直河的百狮子桥巷西口的西堍河堤尚存桥铭“子桥”。那么，这里是昔日的百狮子桥旧址吗？笔者查阅了历代的苏州地图，发现关于此桥出现过不同的标注。在民国版本的地图上，有几张标注百狮子桥不在第四直河上，而在东面的支流上，跨百狮子桥浜。但在明、清的地图中，很明确地标注着百狮子桥是在第四直河上，并不在支流。而且，从存世的一张老照片上看，与百狮子桥相邻的似乎还有一座平桥。

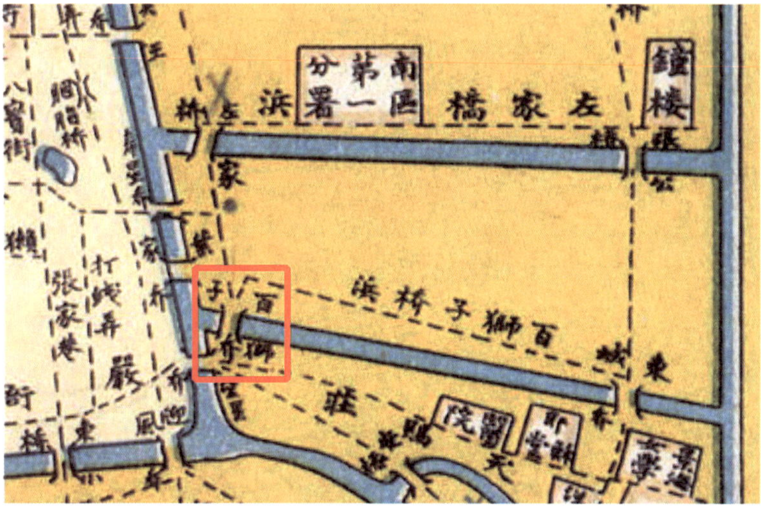

上：民国三年（1914）《新测苏州城厢明细全图》 下：百狮子桥与蟾宫桥（后平桥）老照片

百狮子桥巷口 摄 / 杜祯彬

笔者又查阅了光绪年间的两张地图，上面明确标明百狮子桥是在直河上。跨支流的确实另有一座平桥，名为“蟾宫桥”。蟾宫桥是连接望星桥南北堍的桥，其西北侧为第四直河上的百狮子桥。在二十世纪四十年代时，百狮子桥浜的河道已被填没，桥身则未动。六十年代前期，桥面被拆去，以上与老照片完全相符。

从百狮子桥的拱桥体量上推断，此桥架在第四直河支流的河道上是不太可能的。支流的百狮子桥浜在 1949 年前已被填没，百狮子桥岂能在无水的旧河道上存世到 1965 年？故笔者认为，百狮子桥的西堍在叶家弄，东在望星桥北堍无疑。

但，桥址下的“子桥”二字题刻是百狮子桥遗构吗？答案是否定的。因为百狮子桥是拱桥，桥铭石不会有数米长。其实，“子桥”是旧在百狮子桥西北、民国时期已拆的平桥——黄卖子桥的遗构。

陆慕老街 杜祯祥 / 摄

追寻陆慕旧时记忆

文 / 唐亮

在我的人生中，陆慕称得上是第二故乡了。我的整个读书时代都是在那里度过的。它不像木渎、东山那样有名气，我对它的印象似乎就是三座古石桥——后来拆了两座。离开陆慕多年后，我再次走访了一些地方。陆慕的历史面目这才开始清晰地呈现在我眼前。

古桥

陆慕，原名陆墓，因唐代宰相陆贽葬于此而得名，算起来已有 1200 年的历史了。作为江南水乡古镇，陆慕也有许多古桥，最重要的是三座古桥，横跨在元和塘上，把镇的上塘和下塘连接在一起，构成了全镇的风貌。

南桥是至今还留存的古桥，它重建于光绪二十八年（1902）。该桥分为主桥和引桥两部分，主桥是半圆形的独拱桥体，由六道拱券拼成。它倒映于碧波中，就像同样大小的半圆合拢在一起。引桥在东西两侧，又叫枕桥，既可以降低主桥的坡度，又不影响两边的街道，便于人们交错往返。

南桥河岸两边曾经有当时陆慕重要的工厂——吴县棉织厂和吴县石棉厂。周边还云集着酒厂、轧钢厂、造船厂、轴承厂等。因此，这座桥也是工人们往返的必经通道。我当时虽然不住在南街，但是那里有很多同学，因此也常常在这桥上走动。

陆慕一景 杜祯彬 / 摄

中桥在镇中心，原来也是一座石桥，历史与南桥一样久远。老桥在二十世纪六十年代末就被拆了，建成了一座水泥拱桥，九十年代又改成了水泥平桥。以至于我重返陆慕老街时，根本没有意识到桥的存在。

北桥也是花岗石拱桥，它拆得比中桥还早，改成水泥平桥后取名“利农桥”。该桥桥面光光的，背后正是宏大时尚的伦敦桥。两桥相映，真有点穿越时空的感觉。

除此之外，陆慕还有许多小桥，如塔莲桥、北小桥、宋泾桥、香炉浜桥等。我当时住在北街上，边上原来也有一座石桥，后来为拓宽河浜便于化工厂的船只进出，也改建成高高的水泥桥。记得在开河过程中，有一段堤岸发生垮塌，导致我家房屋的一角倾倒，全家临时搬到了粮库寄住，直到房屋修好了才重新搬回。

陆慕现存的唯一的古桥——南桥 杜祯彬 / 摄

御窑

小时候对御窑并没有特别的概念，只知道 “御窑大队”，知道那个地方比较靠近镇区，有很多同学都是从那个大队出来的。偶尔经过时，也能看到几座砖窑。

后来，御窑金砖的名声越来越大。先是成了非物质文化遗产，后来又因之建起了御窑金砖博物馆。据说余秋雨先生还题写了馆名。作为半个陆慕人的我，也感到几分骄傲。

在御窑金砖博物馆能看到金砖。由泥炼成“金”的制作全过程，具有文化、科学、艺术等多重价值。我曾经走上砖窑，仔细观察过烧制过程。砖坯放入窑中央后，四周要用其他砖坯围炉，以防窨水时水直接滴到金砖上，然后要以麦柴、稻草、砻糠等文火熏火烧一个月，再以片柴烧一个月，松桂烧四十天，前前后后要一百多天。而后窨水出窑，温度从几百度到一千度，要逐步调节。只要一道工序出错，那就会前功尽弃。据说这一工艺已传承了上千年。

御窑金砖 于祥 / 摄

由烧砖引申出的蟋蟀盆，也成了陆慕的一大特产。什么九龙蟋蟀盆、济公盆、清水直桶龙盆等，不下几百种。明清时，陆墓的蟋蟀盆就已名扬全国，《吴门补乘》《泊陆墓镇》《吴门表隐》等明清笔记、诗文、史料都对其有过记载和描述。

产业

陆慕还有一些很有趣的传统产业，比如米行业、制绳业、头发业。

说起头发业，我小时候一直迷惑。当时我住在中桥下塘附近，经常能看到路边剔理头发丝的工人，我就疑惑这些头发能派什么用处。后来才知道，那是陆慕特有的产业——早在二十世纪三十年代，陆慕就有规模不等的头发工场分布在乡户中。头发按长短分别包装后被销往国外，是当时创汇的主要来源。

御窑金砖 于祥 / 摄

陆慕的制绳业也很出名，有“陆墓一条绳”之称。据说陆慕是在1926年时出现这一产业的。一个有10多名工人的工厂每日可出绳200斤左右。后来，队办企业生产的绳子主要提供给土产公司、粮食局、烟麻公司、供销社等，一度成为生产队的骨干副业。

当然，陆慕还有很多工厂。在南街，能看到摆成金字塔型的酒坛堆放在路边，还能看到装着山芋干之类的麻袋堆积着，那是走到民生酒厂附近了。这个厂从1955年公私合营后规模不断扩大，产品一度成为江苏省的名优产品。而在我家的后面，还有一座油脂工厂，那油菜籽榨油散发出的香味飘逸在空中，闻着让人常常感觉到家里烧菜都不需要用油了……

关于陆慕的回忆还有很多：有孙武、文徵明等名人的墓，有历史悠久的悟真道院，还有缂丝、虾鳝笼编织等特色工艺。很多工艺大师深藏民间，默默地编织着心中的梦想。

再回陆慕，老北街已经消失了，曾经住过的老屋被拆除了，曾经走过的石子路、挑水的公井也消失了。陆慕几乎成了一个新区，与苏州城融为一体。也许只有一个地名，还能让人想起它曾经的种种。

雨后的黎里弄堂 殷秀红 / 摄

会讲故事的黎里弄堂

文 / 张建林

穿行于古镇黎里的一条条弄堂，就像在美丽的诗意中穿梭。

黎里的弄堂是会讲故事的。

江南人喜欢把小巷叫作弄堂。黎里的弄堂之多，为江南古镇之最，至民国年间，黎里弄堂有 130 多条，据最新统计，古镇区至今尚有弄堂 115 条，其中明弄 25 条，暗弄 90 条。

黎里的弄堂不仅多，而且奇。奇就奇在结构、形状等各不相同。有走马楼底的跨楼弄，有两弄紧依的比翼鸳鸯弄，有直插郊外的通风弄，还有弄内生弄的母子弄等。每一条弄堂都有一个名字，也都有一个动人的故事。

吴江三十里，地号梨花村。我似捕鱼翁，来问桃源津。花草有静态，鸟雀亦驯驯。从无夜吠犬，门不设司阍。长廊三里复，无须垫角巾。家家棹小舟，目不识车轮。勾栏无处访，樗蒲声不闻……

清代著名诗人袁枚的这首《黎里行》，是历代诗人吟咏、赞美黎里的代表作。

嘉庆元年（1796）十一月，八十高龄的诗人袁枚，应徐达源、吴琼仙等人的邀请来到黎里，一住就是半个多月，并将徐达源、吴琼仙双双收为弟子。

吴琼仙是平望才女，工书法，善绘事，常与本地的才子佳人诗文酬唱。通过文友陆俊介绍，吴琼仙与黎里徐达源相识相恋，终成眷属。其时徐达源 21 岁，吴琼仙 20 岁。吴琼仙在 26 岁左右完成了《写韵楼诗稿》。当时的很多文人都为这部诗集题了诗，对吴琼仙的诗才大加赞赏。

江南古镇，文风浓郁 夏晓风 / 摄

黎里的文人很多，吟诗作赋蔚然成风。据统计，有作品收入袁枚《随园诗话》的就有：周元理的孙子周霁，著有《德芬堂诗钞》的邱笔峰，著有《秋士诗抄》的汝阶玉，著有《拂尘草》的沈巢云等。徐达源的紫藤花馆里，人来人往，有外地慕名而来的旧友新朋，更多的是本地的同道。好客的徐达源经常请客吃饭，很多人留下了题咏紫藤花馆的诗作。

弄堂是黎里独特的风景。

到了近现代，黎里的文风越来越盛。寿恩堂和赐福堂曾是南社盟主柳亚子长期生活、学习的地方。1909 年，柳亚子与陈去病、高旭发起成立了中国近代史上第一个革命文学团体——南社。黎里是南社活动的主要阵地之一。柳亚子的《磨剑室诗词集》中大部分作品写于黎里。

柳亚子故居 于祥 / 摄

南社通讯处旧址原为周元理任直隶总督时所建，名“寿恩堂”，有五开间和三开间两落，纵深六进，正落依次为门厅、轿厅、寿恩堂、永春辉室、题红仙馆和辅房，当年柳亚子租住在永春辉室，南社雅集在东侧一落及前面小花园成园内。从 1898 到 1922 年，柳亚子在此住了 24 年之久，一子二女便出生在这里。

柳亚子创建南社后，这里成为社友聚会的场所。1915 年夏，主人周云在此与顾悼秋、朱剑锋、朱剑芒、沈剑双等组建消夏社，之后，又有消寒社。袁世凯上演洪宪帝制丑剧时，柳亚子在此发起成立酒社，品茗喝酒，借酒消愁，作诗填词，痛骂袁世凯。柳亚子不善饮酒，却喜欢闹酒，喝醉后还要写诗。

后来，柳家人员增多，再加上南社建立后，天天高朋满座，于是柳亚子租住到赐福堂即现在的柳亚子纪念馆内。这里原为周元理私邸，前后六进，备弄深近百米，有 101 个自然间。赐福堂后来成了南社诸友集会、工作的场所，《新黎里》报、《南社丛刻》都在这里编辑。

据《吴江与南社》一书的统计，吴江参加南社、新南社、南社纪念会及南社湘集共 118 人，其中，黎里籍社员占了很大的比例。

小巷故事多。黎里的小巷里走出了不少的影星、书画家、作家、诗人。小巷的昨天因为诗意而美好，今天的小巷诗意依然在流淌。闻诗堂弄便是这样一条充满诗意的里弄。

闻诗堂弄原名殷家弄，当年住在乡下的兄弟秀才殷寿彭、殷寿臻在此读书应考。他们搬到镇上族叔家后日夜朗读诗文，还经常拜访镇上的名师硕儒。

在殷家弄不远处，是位列黎里八大姓之一的陈家。陈家有两位正值花季妙龄的双胞胎小姐，她们被殷家兄弟的读书声深深吸引。通过几次交流，陈家的双胞胎小姐对殷家弟兄产生爱慕之情。姐妹俩经常对生活拮据的殷氏兄弟给予帮助，还资助他们到金陵参加考试。后来，兄弟两人先后考上进士。为了感谢陈家姐妹的资助，兄弟两将自己的诗文合编成《春雨楼诗文集》——双胞胎姐妹姐姐名叫春凤，妹妹名叫雨凤。

后来，族叔将殷家弄整修翻建，将正厅命名为“闻诗堂”，并将殷家弄改名为“闻诗堂弄”。如今，走过闻诗堂弄，琅琅诗书声仿佛依然从弄堂深处传来……

弄堂是黎里古镇的灵魂。有个网友这样描述黎里的弄堂：“如果说水乡是一幅灵动的水墨画，那么弄堂就是勾勒出水乡灵性的笔触；如果说水乡是一首温婉动人的乐曲，那么弄堂就是深藏其中的洞箫；如果说水乡是古镇河流的脉搏，那么弄堂就是那若隐若现的经络。黎里的弄堂，黎里的韵味，读之，竟不忍离去。”

弄堂的故事还在延续着。黎里的弄堂，是江南挥之不去的情怀和诗意……